DIOGENES EVERGREENS

George Orwell
Farm der Tiere

Ein Märchen
Neu übersetzt von
Michael Walter
Mit einem
neuentdeckten Nachwort
des Autors
Mit Zeichnungen von
F. K. Waechter

Diogenes

Titel des englischen Originals
»Animal Farm: A Fairy Story« (1945)
Copyright © 1945 by
the Estate of the late Eric Blair
Eine erste Übersetzung von N. O. Scarpi
erschien 1946

Veröffentlicht im Diogenes Verlag, 1982
Alle deutschen Rechte vorbehalten
Copyright © 1982
by Diogenes Verlag AG Zürich
80/83/10/2
ISBN 3 257 05508 0

Inhalt

Farm der Tiere

Mr. Jones von der Herren-Farm hatte die Hühnerställe zur Nacht zugesperrt, war aber zu betrunken, um auch noch daran zu denken, die Schlupflöcher dichtzumachen. Im hin- und hertanzenden Lichtkreis seiner Laterne schlingerte er quer über den Hof, schleuderte sich an der Hintertür die Stiefel von den Füßen, zapfte sich aus dem Fäßchen in der Spülküche ein letztes Glas Bier und schaffte sich hoch ins Bett, wo Mrs. Jones bereits schnarchte.

Gleich als das Licht im Schlafzimmer erlosch, begann es in allen Farmgebäuden zu kreuchen und fleuchen. Tagsüber hatte sich die Kunde verbreitet, daß Old Major, der preisgekrönte, mittelgroße, weiße Keiler, vergangene Nacht einen sonderbaren Traum gehabt hätte, den er den übrigen Tieren mitteilen wolle. Man war übereingekommen, sich vollzählig in der großen Scheune einzufinden, sobald Mr. Jones nicht mehr im Wege stand. Old Major (wie er stets genannt wurde, obwohl der Name, unter dem er ausgestellt wor-

9

den war, 'Willingdoner Pracht' lautete) genoß ein
so hohes Ansehen auf der Farm, daß ein jeder gern
bereit war, ein Stündchen Schlaf zu opfern, um zu
hören, was er zu sagen hatte.

Auf einer Art Empore an einem Ende der
großen Scheune hatte es sich Major auf seinem
Strohlager bereits behaglich gemacht. Über ihm
baumelte eine Laterne von einem Balken. Er zählte
zwölf Jahre und hatte in letzter Zeit tüchtig ange-

speckt, war aber noch immer ein majestätisch anzuschauendes Schwein von weiser und gütiger Erscheinung, ungeachtet des Umstands, daß seine Hauer nie gekappt worden waren. Bald begannen auch die übrigen Tiere einzutreffen und es sich nach ihrer jeweiligen Art bequem zu machen. Zuerst kamen die drei Hunde, Glockenblume, Jessie und Zwickzwack, und dann die Schweine, die sich im Stroh direkt vor der Plattform niederließen. Die Hühner hockten sich auf die Fenstersimse, die Tauben flatterten ins Sparrenwerk auf, die Schafe und Kühe lagerten sich hinter den Schweinen und fingen an wiederzukäuen. Die beiden Zugpferde, Boxer und Kleeblatt, kamen gemeinsam herein; sie gingen sehr langsam und setzten ihre mächtigen, behaarten Hufe aus Furcht, es könne irgendein kleines Tier im Stroh verborgen liegen, ganz behutsam auf. Kleeblatt war eine stämmige Mutterstute, die sich den mittleren Jahren näherte und die nach ihrem vierten Fohlen ihre alte Figur nie wieder so recht zurückgewonnen hatte. Boxer war ein Mordstier, beinahe achtzehn Hand hoch und so stark wie zwei gewöhnliche Pferde zusammen. Eine Blesse auf der Nase verlieh ihm ein etwas dümmliches Aussehen, und er war auch wirklich keine große Leuchte, wurde aber wegen seiner Charakterfestigkeit und ungeheuren Arbeitskraft allgemein geachtet. Nach den Pferden kamen Muriel, die weiße Ziege, und Benjamin, der Esel. Benjamin war das älteste Tier auf der Farm und das übellaunigste. Er sprach selten, und wenn, dann meist nur, um irgend eine zynische Bemerkung von sich zu geben – er sagte beispielsweise, Gott habe ihm zwar einen Schwanz geschenkt, um damit die Fliegen zu verscheuchen, doch er persönlich würde lieber sowohl auf Schwanz wie Fliegen verzichtet haben. Er war das einzige Tier auf der Farm, das niemals lachte. Fragte man ihn warum, so pflegte er zu entgegnen, er fände nichts zum Lachen. Trotzdem hing er, ohne dies offen einzugestehen, an Boxer; die beiden verbrachten für gewöhnlich ihre Sonntage zusammen auf der kleinen Koppel hinter dem Obstgarten, grasten Flanke an Flanke und sagten nie einen Ton.

Die beiden Pferde hatten sich eben niedergelegt, da schnürte eine Schar Entlein, die ihre Mutter verloren hatten, kläglich piepsend in die Scheune und watschelte hin und her, um einen Platz zu finden, wo man nicht auf sie treten würde. Kleeblatt legte mit ihrem langen Vorderbein eine Art Mauer um sie, und die Entlein kuschelten sich ein und waren auf der Stelle eingeschlafen. Im letzten Augenblick kam Mollie, die törichte, hübsche Schimmelstute, die Mr. Jones offenen Zweisitzer zog, geziert hereingetrippelt und malmte ein Stück Zucker. Sie wählte sich einen Platz weit vorne und begann kokett ihre weiße Mähne zu schütteln, in der Hoffnung, damit auf die roten Bänder aufmerksam zu machen, mit der sie durchflochten war. Zuallerletzt erschien die Katze, die wie üblich Ausschau nach dem wärmsten Plätzchen hielt und sich schließlich zwischen Boxer und Kleeblatt drängte; dort schnurrte sie Majors ganze Rede über zufrieden, ohne auch nur auf ein Wort von dem zu hören, was er sagte.

Bis auf Moses, den zahmen Raben, der auf einer Vogelstange bei der Hintertür schlief, waren jetzt alle Tiere anwesend. Als Major sah, daß alle es sich bequem gemacht hatten und gespannt warteten, räusperte er sich und begann:

»Genossen, ihr habt schon von dem sonderbaren Traum vernommen, den ich letzte Nacht hatte. Doch auf den Traum komme ich später zu sprechen. Zuerst habe ich euch noch etwas anderes zu sagen. Ich glaube nicht, Genossen, daß ich noch sehr viele Monate unter euch weilen werde, und bevor ich sterbe, halte ich es für meine Pflicht, euch die Weisheit weiterzugeben, die ich mir erworben habe. Hinter mir liegt ein langes Leben, ich hatte viel Zeit nachzudenken, während ich allein in meinem Koben lag, und ich darf wohl von mir behaupten, daß ich die Natur des Daseins auf dieser Erde ebensogut begreife wie nur irgendein heute lebendes Tier. Und darüber möchte ich zu euch sprechen.

Nun, Genossen, wie ist die Natur dieses unseres

Lebens? Seien wir ehrlich: unser Leben ist elend, mühevoll und kurz. Wir werden geboren, wir bekommen gerade soviel Futter, daß uns die Puste nicht ausgeht, und wer von uns dazu geeignet ist, wird gezwungen, bis zum letzten Deut seiner Kraft zu schuften; und just in dem Augenblick, wo es mit unserer Nützlichkeit aus ist, werden wir mit scheußlicher Grausamkeit hingeschlachtet. Wenn es erst einmal ein Jahr alt geworden ist, hat kein Tier in England mehr eine Vorstellung von Muße und Glück. Kein Tier in England ist frei. Das Leben eines Tieres ist Jammer und Sklaverei: das ist die nackte Wahrheit.

Doch liegt dies einfach in der Ordnung der Natur? Liegt es daran, daß dieses unser Land zu arm ist, um denen, die es bevölkern, ein anständiges Leben bieten zu können? Nein, Genossen, und tausendmal nein! Englands Boden ist fruchtbar, sein Klima ist gut, es ist durchaus imstande, einer unvergleichlich größeren Zahl von Tieren als jetzt darauf wohnen Futter im Überfluß zu bieten. Unsere eine Farm hier würde ein Dutzend Pferde, zwanzig Kühe, Hunderte von Schafen ernähren – und alle würden sie in einer Bequemlichkeit und Würde leben, die wir uns jetzt kaum vorzustellen vermögen. Warum also leben wir in diesem elenden Zustand weiter? Weil uns fast das gesamte Produkt unserer Arbeit von Menschen gestohlen wird. Darin, Genossen, liegt die Antwort auf all unsere Probleme. Sie läßt sich in einem einzigen Wort zusammenfassen – Mensch. Der Mensch ist unser einzig wirklicher Feind. Laßt den Menschen von der Bildfläche verschwinden, und der Urgrund von Hunger und Überarbeitung ist ein für alle mal beseitigt.

Der Mensch ist das einzige Geschöpf, das konsumiert, ohne zu produzieren. Er gibt keine Milch, er legt keine Eier, er ist zu schwach, den Pflug zu ziehen, er läuft nicht schnell genug, um Kaninchen zu fangen. Und doch ist er Herr über alle Tiere. Er schickt sie an die Arbeit und läßt ihnen dafür das bare Existenzminimum, damit sie ihm nicht verhungern, und den Rest behält er für sich. Unsere Arbeit ackert den Boden, unser Dung düngt ihn, und doch gibt es keinen unter uns, der mehr besäße als die nackte Haut. Ihr Kühe dort vor mir, wie viele tausend Gallonen Milch habt ihr in diesem letzten Jahr gegeben? Und was ist mit jener Milch geschehen, mit der robuste Kälbchen hätten großgezogen werden sollen? Jeder Tropfen davon ist die Kehlen unserer Feinde hinuntergeronnen. Und ihr Hennen, wie viele Eier habt ihr in diesem letzten Jahr gelegt, und aus wie vielen dieser Eier sind je Küken geschlüpft? Alle übrigen sind auf den Markt gewandert, um Jones und seinen Leuten Geld zu bringen. Und du, Kleeblatt, wo sind die vier Fohlen, die du geboren hast und die die Stütze und Erbauung deines Alters hätten sein sollen? Ein jedes wurde verkauft, als es ein Jahr alt war – du wirst keins von ihnen jemals mehr wiedersehen? Was hast du als Dank für deine vier Niederkünfte und all deine Feldarbeit je anderes erhalten als die kargen Rationen und einen Stall?

Und nicht einmal das elende Leben, das wir fristen, darf seine natürliche Spanne währen. Ich, für mein Teil, murre nicht, denn ich gehöre zu den Glücklichen. Ich bin zwölf Jahre alt und habe über vierhundert Kinder gehabt. So verläuft ein natürliches Schweineleben. Doch am Ende entgeht kein Tier dem grausamen Messer. Ihr jungen Mastferkel, die ihr da vor mir sitzt, binnen einem Jahr wird ein jedes von euch sein Leben auf dem Hackklotz ausquieken. Dieses Grauen erwartet uns alle – Kühe, Schweine, Hühner, Schafe, jeden. Selbst den Pferden und Hunden steht kein besseres Schicksal bevor. Dich, Boxer, wird Jones an genau dem Tag, da deine mächtigen Muskeln erlahmen, dem Abdecker verkaufen, der dir die Kehle durchschneiden und dich für die Fuchshunde einkochen wird. Und was die Hunde betrifft, denen bindet Jones einen Ziegelstein um den Hals und ersäuft sie im nächstbesten Teich, wenn sie alt werden und die Zähne verlieren.

Ist es also nicht glasklar, Genossen, daß alle Übel dieses unseres Lebens der Tyrannei der Menschen entspringen? Werdet nur erst den Menschen los, und die Produkte unserer Arbeit gehören uns. Beinahe über Nacht könnten wir reich und frei werden. Was, also, müssen wir tun? Nun, natürlich Tag und Nacht mit Leib und Seele auf den Sturz des Menschengeschlechts hinarbeiten! Das ist meine Botschaft an euch, Genossen: Rebellion! Ich weiß nicht, wann diese Rebellion kommen wird, vielleicht in einer Woche oder in hundert Jahren, doch ich weiß, so gewiß, wie ich dieses Stroh hier unter meinen Füßen sehe, daß früher oder später Gerechtigkeit geübt werden wird. Darauf, Genossen, heftet während der euch noch verbleibenden, kurzen Lebensspanne fest den Blick! Und vor allem, gebt diese meine Botschaft jenen weiter, die nach euch kommen, damit zukünftige Generationen den Kampf bis zum siegreichen Ende weiterführen.

Und vergeßt nicht, Genossen, nie darf eure

Entschlußkraft ins Wanken geraten. Kein Argument darf euch irreleiten. Hört nie auf jene, die euch erzählen, der Mensch und die Tiere hätten ein gemeinsames Interesse, der Wohlstand des einen bedinge den Wohlstand der anderen. Lauter Lügen. Der Mensch dient einzig und allein seinem eigenen Interesse. Und unter uns Tieren soll vollkommene Eintracht, vollkommene Genossenschaft im Kampf herrschen. Alle Menschen sind Feinde. Alle Tiere sind Genossen.«

In diesem Augenblick entstand ein Riesentumult. Während Major sprach, waren vier große Ratten aus ihren Löchern gekrochen, die ihm, auf ihren Hinterteilen sitzend, zuhörten. Plötzlich hatten die Hunde sie entdeckt, und nur ein Blitzspurt in ihre Löcher rettete den Ratten das Leben. Major hob Ruhe gebietend seine Haxe.

»Genossen«, sagte er, »dieser Punkt bedarf der Klärung. Die wildlebenden Geschöpfe, wie Ratten und Kaninchen – sind sie unsere Freunde oder unsere Feinde? Wir lassen darüber abstimmen. Ich unterbreite der Versammlung die Frage: Sind Ratten Genossen?«

Man schritt sogleich zur Abstimmung und kam mit überwältigender Mehrheit überein, daß Ratten Genossen seien. Es gab nur vier Gegenstimmen, die der drei Hunde und die der Katze, die freilich, wie sich später herausstellte, für beide Seiten gestimmt hatte. Major fuhr fort:

»Ich habe nur noch wenig zu sagen. Ich wiederhole bloß: denkt stets an eure Pflicht, dem Menschen und all seinem Tun feindlich gegenüberzustehen. Alles was auf zwei Beinen einhergeht, ist ein Feind. Alles was auf vier Beinen einhergeht oder Flügel hat, ist ein Freund. Und denkt auch daran, daß wir in unserem Kampf gegen den Menschen ihm nie gleich werden dürfen. Auch wenn ihr ihn besiegt habt, verfallt nicht in seine Laster. Kein Tier darf je in einem Haus wohnen, oder in einem Bett schlafen, oder Kleider tragen, oder Alkohol trinken, oder Tabak rauchen, oder Geld anrühren, oder Geschäfte machen. Der Mensch hat nur schlimme Gewohnheiten. Und vor allem darf ein Tier nie seinesgleichen unterdrücken. Schwach oder stark, schlau oder schlicht, wir alle sind Brüder. Kein Tier darf je ein anderes töten. Alle Tiere sind gleich.

Und jetzt, Genossen, will ich euch von meinem Traum der letzten Nacht erzählen. Beschreiben kann ich euch diesen Traum nicht. Es war ein Traum von der Erde, so wie sie dereinst sein wird, wenn der Mensch verschwunden ist. Doch er erinnerte mich an etwas, das ich lange vergessen hatte. Vor vielen Jahren, als ich noch ein kleines Schweinchen war, da pflegten meine Mutter und die anderen Sauen ein altes Lied zu singen, von dem sie nur die Melodie und die ersten drei Worte kannten. In meiner Kindheit hatte ich diese Melodie auch gekannt, doch seitdem ist sie mir längst aus dem Sinn gekommen. Letzte Nacht jedoch kehrte sie mir im Traum zurück. Und nicht nur das, auch die Worte des Liedes kehrten zurück – Worte, die, ich bin sicher, von den Tieren vor langer Zeit gesungen wurden und die der Erinnerung generationenlang entfallen waren. Dieses Lied, Genossen, will ich euch jetzt vorsingen. Ich bin alt und meine Stimme ist heiser, aber wenn ich euch die Melodie erst einmal beigebracht habe, werdet ihr es selbst besser singen. Das Lied heißt: ›Tiere Englands‹.«

Old Major räusperte sich und begann zu singen. Seine Stimme war, wie er selbst gesagt hatte, heiser, aber er sang doch recht ordentlich, und die Melodie war mitreißend, ein Mittelding zwischen ›Hänschenklein‹ und ›La Cucaracha‹. Die Worte lauteten:

»Tiere Englands, Tiere Irlands,
Tiere, ihr, von fern und weit,
Höret meine frohe Botschaft
Von der gold'nen Zukunftszeit.

Seid gewiß, der Tag wird kommen,
Wo der Tyrann Mensch muß geh'n,
Und auf Englands satten Fluren
Werden nur noch Tiere steh'n.

Nasenringe werden schwinden,
Das Geschirr wird abgeschnallt,
Bügel, Sporen werden rosten,
Keine Peitsche dann mehr knallt.

Unvorstellbar reiche Güter:
Korn und Gerste, Klee und Heu,
Hafer, Bohnen, Mangoldwurzeln,
Schenkt uns dieser Tag erst neu.

Leuchten werden Englands Felder,
Lauterer sein Wasser rinnt,
Lieblicher die Lüfte wehen,
Wenn der Freiheit Tag beginnt.

> *Diesen Tag gilt's zu erringen,*
> *Sterben wir auch, eh er naht;*
> *Kuh und Roß und Gans und Truthahn*
> *Müssen säen der Freiheit Saat.*
>
> *Tiere Englands, Tiere Irlands,*
> *Tiere, ihr, von fern und weit,*
> *Hört und kündet frohe Botschaft*
> *Von der gold'nen Zukunftszeit.«*

Das Singen dieses Liedes versetzte die Tiere in helle Aufregung. Noch fast ehe Major zu Ende gekommen war, hatten sie begonnen, es für sich allein zu singen. Sogar die dümmsten unter ihnen hatten schon die Melodie und ein paar der Worte aufgeschnappt, und was die klügeren, wie Schweine und

23

Hunde, anlangte, so konnten die das ganze Lied in wenigen Minuten auswendig. Und dann brach, nach einigen Probeversuchen, die ganze Farm mit ungeheurer Einstimmigkeit in ›Tiere Englands‹ aus. Die Kühe muhten es, die Hunde jaulten es, die Schafe blökten es, die Pferde wieherten es, die Enten quakten es. Sie waren so begeistert von dem Lied, daß sie es gleich fünfmal hintereinanderweg sangen und es vielleicht noch die ganze Nacht hindurch gesungen hätten, wenn sie nicht unterbrochen worden wären.

Unglücklicherweise weckte der Spektakel Mr. Jones auf, der aus dem Bett sprang, weil er mit Sicherheit glaubte, daß sich ein Fuchs auf dem Hof herumtrieb. Er griff sich die Flinte, die immer in einer Ecke seines Schlafzimmers lehnte, und feuerte eine Ladung Schrot vom Kaliber 6 in die Dunkelheit hinaus. Die Schrotkörner gruben sich in die Scheunenwand, und die Versammlung zerstreute sich eilends. Ein jedes floh zu seinem Schlafplatz. Das Federvieh hüpfte auf seine Stangen, die anderen Tiere legten sich ins Stroh, und im Nu war die ganze Farm eingeschlafen.

Kapitel ii

Drei Nächte später entschlief Old Major sanft. Sein Leib wurde im hintersten Winkel des Obstgartens begraben.

Das geschah Anfang März. Während der nächsten drei Monate gab es viel geheime Aktivitäten. Majors Rede hatte den intelligenteren Tieren auf der Farm zu einer völlig neuen Lebensanschauung verholfen. Sie wußten nicht, wann die von Major vorausgesagte Rebellion stattfinden würde, sie hatten keinerlei Anlaß zu glauben, daß es noch zu ihren Lebzeiten geschehen würde, doch sie erkannten deutlich ihre Pflicht, sich darauf vorzubereiten. Die Aufgabe, die anderen zu unterweisen und zu organisieren, fiel naturgemäß den Schweinen zu, die allgemein als die schlauesten Tiere anerkannt wurden. Unter ihnen wiederum taten sich zwei junge Keiler namens Schneeball und Napoleon hervor, die Mr. Jones zum Verkauf großzog. Napoleon war ein wuchtiger, ziemlich wildausschauender Berkshirekeiler, das einzige Berkshireschwein auf der Farm, kein großer Redner, aber bekannt dafür, sich durchsetzen zu können. Schneeball war ein lebhafteres Schwein als Napoleon, redegewandter und einfallsreicher, dem aber nicht die gleiche Charaktertiefe zugesprochen wurde. Alle übrigen männlichen Schweine auf der Farm waren Mastferkel. Das bekannteste von ihnen war ein kleines, fettes Schwein, Schwatzwutz genannt, mit kugelrunden Backen, Zwinkeräuglein, flinken Bewegungen und einer schrillen Stimme. Er war ein brillanter Redner, und wenn er eine schwierige Frage diskutierte, hatte er dabei eine Art, von einer Seite auf die andere zu hopsen und mit dem Schwanz durch die Luft zu fegen, die irgendwie sehr überzeugend wirkte. Die anderen sagten von Schwatzwutz, er könnte aus Schwarz Weiß machen.

Diese drei hatten die Lehren Old Majors zu einem kompletten Denksystem ausgearbeitet, dem sie den Namen Animalismus gaben. Mehrere Nächte in der Woche hielten sie, wenn Mr. Jones schlafen gegangen war, geheime Versammlungen in der Scheune ab und erläuterten den übrigen die Prinzipien des Animalismus. Anfangs stießen sie auf viel Dummheit und Wurstigkeit. Einige der Tiere redeten von der Loyalitätspflicht gegenüber Mr. Jones, den sie als ›Herrn‹ bezeichneten, oder

sie machten grundsätzliche Bemerkungen wie:
›Mr. Jones füttert uns. Wenn er fort wäre, würden
wir verhungern.‹ Andere stellten solche Fragen
wie: ›Warum sollen wir uns Gedanken darüber
machen, was nach unserem Tod passiert?‹ oder
›Wenn diese Rebellion sowieso kommt, was
macht es da für einen Unterschied, ob wir für sie
arbeiten oder nicht?‹, und die Schweine hatten alle
Mühe, ihnen klarzumachen, daß dies dem Geist des
Animalismus zuwiderliefe. Die allerdümmsten
Fragen stellte Mollie, die Schimmelstute. Ihre erste
Frage an Schneeball lautete: »Wird es nach der
Rebellion auch noch Zucker geben?«

»Nein«, sagte Schneeball fest. »Wir verfügen
nicht über die Mittel, um auf dieser Farm Zucker
herzustellen. Außerdem brauchst du gar keinen
Zucker. Du wirst soviel Hafer und Heu haben, wie
du nur möchtest.«

»Und werde ich dann auch noch die Bänder in meiner Mähne tragen dürfen?« fragte Mollie.

»Genossin«, sagte Schneeball, »diese Bänder, an denen du so hängst, sind das Abzeichen der Knechtschaft. Begreifst du denn nicht, daß Freiheit mehr wert ist als bunte Bänder?«

Mollie gab ihm Recht, doch sehr überzeugt klang es nicht. Noch härter war der Kampf, den die Schweine ausfechten mußten, um den Lügen entgegenzuwirken, die Moses, der zahme Rabe, verbreitete. Moses, Mr. Jones' Augenstern, war ein Spitzel und Ohrenbläser, aber auch ein erzgeschickter Redner. Er behauptete, von der Existenz eines geheimnisvollen Landes mit Namen Kandiszucker-Berg zu wissen, in das alle Tiere nach ihrem Tod eingingen. Es lag irgendwo im Himmel droben, ein Stückchen weit über den Wolken, sagte Moses. In Kandiszucker-Berg war alle Tage Sonntag, der Klee grünte immerfort und an den Hecken wuchsen Würfelzucker und Ölkuchen. Die Tiere haßten Moses, weil er ein Klatschmaul war und nichts arbeitete, aber ein paar von ihnen glaubten doch an Kandiszucker-Berg, und die Schweine mußten heftigst debattieren, um sie davon zu überzeugen, daß es solch einen Ort überhaupt nicht gab.

Ihre getreuesten Jünger waren die zwei Zugpferde, Boxer und Kleeblatt. Diesen beiden fiel das selbständige Denken schwer, doch da sie nun einmal die Schweine als Lehrer akzeptiert hatten, nahmen sie alles auf, was man ihnen erzählte und gaben es mit einfachen Argumenten an die anderen Tiere weiter. Ihre Teilnahme an den geheimen Versammlungen in der Scheune war unermüdlich, und beim Absingen von ›Tiere Englands‹, mit dem die Versammlungen stets schlossen, gaben sie den Ton an.

Wie sich nun herausstellte, erfolgte die Rebellion viel früher und viel müheloser, als irgendjemand erwartet hatte. In den vergangenen Jahren war Mr. Jones ein zwar strenger, doch tüchtiger Farmer gewesen, aber in letzter Zeit hatte ihn das Pech verfolgt. Als er in einem Prozeß Geld verloren hatte, war er darüber sehr verzagt geworden und hatte sich, mehr als ihm gut tat, dem Alkohol ergeben. Manchmal lungerte er ganze Tage lang müßig auf seinem Windsorstuhl in der Küche herum, las die Zeitung, trank ein Schlückchen und fütterte dann und wann Moses mit in Bier getunkten Brotkrusten. Seine Leute waren träge und unehrlich, die Felder standen voller Unkraut, die Gebäude schrien geradezu nach dem Dachdecker, die Hecken wucherten verwahrlost, und die Tiere bekamen zu wenig Futter.

Es wurde Juni, und das Heu war reif zur Mahd. Am Vorabend des Johannistages, der auf einen Samstag fiel, ging Mr. Jones nach Willingdon und goß sich im Roten Löwen derart einen hinter die Binde, daß er erst am Sonntagmittag wieder heimfand. Seine Leute hatten in aller Herrgottsfrühe die Kühe gemolken und waren dann auf Karnickeljagd ausgezogen, ohne sich die Mühe zu machen, die Tiere zu füttern. Als Mr. Jones zurückkam, legte er sich gleich mit den ›Weltnachrichten‹ über dem Gesicht auf dem Wohnzimmersofa schlafen, so daß die Tiere, als es Abend wurde, noch immer nicht gefüttert waren. Schließlich hielten sie es nicht länger aus. Eine der Kühe drückte mit ihren Hörnern die Tür der Futterkammer ein, und alle Tiere bedienten sich aus den Behältern. Just da erwachte Mr. Jones. Im nächsten Augenblick stand er mit seinen vier Leuten auch schon peitschenschwingend in der Futterkammer, und sie hieben in allen Richtungen drauflos. Das war für die hungrigen Tiere zuviel. Obwohl nichts dergleichen vorderhuf geplant worden war, stürzten sie sich einmütig auf ihre Peiniger. Plötzlich hagelte es von allen Seiten Stöße und Tritte auf

Jones und seine Leute. Sie wurden der Situation absolut nicht mehr Herr. Noch nie hatten sie Tiere sich so aufführen sehen, und dieser plötzliche Aufstand von Geschöpfen, die sie nach Lust und Laune zu prügeln und zu mißhandeln gewohnt waren, jagte ihnen eine Heidenangst ein. Schon nach kurzem stellten sie ihre Verteidigungsversuche ein und gaben Fersengeld. Eine Minute darauf flohen alle fünf Hals über Kopf den Karrenweg hinunter, der auf die Hauptstraße führte, und die Tiere verfolgten sie im Triumph.

Mrs. Jones schaute zum Schlafzimmerfenster heraus, sah, was sich zutrug, stopfte hastig ein paar Habseligkeiten in eine Reisetasche und schlüpfte auf anderem Wege aus der Farm. Moses hüpfte von seiner Hockstange und flatterte ihr laut krächzend hinterdrein. Mittlerweile hatten die Tiere Jones mitsamt seinen Leuten auf die Straße hinausgejagt und schlugen das Gittertor mit den fünf Querstangen hinter ihnen zu. Und so war, ehe sie noch recht wußten, wie ihnen geschah, die Rebellion erfolgreich durchgeführt: Jones war vertrieben, und die Herren-Farm gehörte ihnen.

Zuerst konnten es die Tiere kaum fassen, daß sie soviel Schwein gehabt hatten. Ihre erste Handlung bestand darin, geschlossen um die Grenzen der

Farm zu galoppieren, so als wollten sie ganz sicher gehen, daß sich nirgendswo mehr ein Mensch versteckt hielt; dann stürmten sie zu den Farmgebäuden zurück, um die letzten Spuren von Jones' verhaßter Herrschaft auszutilgen. Die Geschirrkammer am Ende der Ställe wurde aufgebrochen; die Kandaren, die Nasenringe, die Hundeketten, die grausamen Messer, mit denen Mr. Jones die Schweine und Lämmer immer kastriert hatte, wanderten samt und sonders in den Brunnen. Die Zügel, die Halfter, die Scheuklappen, die entwürdigenden Nasenbeutel flogen ins Kehrichtfeuer, das im Hof brannte. Und die Peitschen auch. Alle Tiere vollführten Freudensprünge, als sie die Peitschen in Flammen aufgehen sahen. Schneeball warf auch die Bänder ins Feuer, mit denen die Mähnen und Schweife der Pferde an Markttagen gewöhnlich geputzt worden waren.

»Bänder«, sagte er, »sollten als Kleidungsstücke angesehen werden, die ja das Erkennungsmerkmal des Menschen sind. Alle Tiere sollten nackt gehen.«

Als Boxer dies hörte, holte er den kleinen Strohhut, den er sommers trug, um die Ohren vor Fliegen zu schützen, und warf ihn zu dem übrigen ins Feuer.

In allerkürzester Zeit hatten die Tiere alles vernichtet, was sie an Mr. Jones erinnerte. Dann führte Napoleon sie zur Futterkammer zurück und teilte an jeden eine doppelte Ration Korn aus, und jeder Hund bekam zwei Hundekuchen. Nun sangen sie noch siebenmal hintereinander ›Tiere Englands‹ von Anfang bis Ende, und danach richteten sie sich für die Nacht ein und schliefen so tief wie nie zuvor.

Doch bei Morgengrauen erwachten sie wie gewöhnlich, und als sie sich plötzlich der grandiosen Sache erinnerten, die passiert war, da stürmten sie alle zusammen auf die Weide hinaus. Ein kurzes Stück die Weide hinunter lag ein kleiner, rundlicher Hügel, der einen Blick über den größten Teil der Farm erlaubte. Die Tiere liefen zu seiner Kuppe hinauf und schauten im klaren Morgenlicht rings um sich her. Ja, es gehörte ihnen – alles was sie erblicken konnten, gehörte ihnen! In ihrem Begeisterungstaumel darüber tollten sie umher und vollführten wahre Luftsprünge vor Aufregung. Sie kullerten sich im Tau, sie rissen das leckere Sommergras büschelweise aus, sie scharrten Klumpen schwarzer Erde auf und schnupperten ihren würzigen Geruch. Dann unternahmen sie einen Inspektionsgang über die ganze Farm und musterten mit sprachloser Bewunderung das Akkerland, die Wiese, den Obstgarten, den Teich, das

Buschwerk. Es war, als hätten sie all diese Dinge nie zuvor gesehen, und selbst jetzt konnten sie es kaum glauben, daß das alles ihnen gehörte.

Dann marschierten sie zu den Farmgebäuden zurück und blieben schweigend vor der Tür des Farmhauses stehen. Auch das gehörte ihnen, aber sie fürchteten sich davor hineinzugehen. Nach einer Weile jedoch stießen Schneeball und Napoleon die Tür mit ihren Schultern auf, und die Tiere traten im Gänsemarsch ein und gingen mit äußerster Behutsamkeit weiter, um nur ja keine Unordnung zu stiften. Sie zehenspitzten von Zimmer zu Zimmer, trauten sich gerade noch zu flüstern und besahen mit einer Art Ehrfurcht den unglaubli-

chen Luxus, die Betten mit ihren Federmatratzen, die Spiegel, das Roßhaarsofa, den Brüsseler Teppich, die Lithographie der Königin Victoria über dem Kaminsims des Wohnzimmers. Sie kamen gerade die Treppe hinunter, da entdeckte man, daß Mollie fehlte. Die anderen kehrten um und suchten nach ihr; man fand sie im guten Schlafzimmer. Sie hatte von Mrs. Jones' Toilettentisch ein Stück blaues Band genommen, hielt es sich an die Schulter und bewunderte sich auf höchst törichte Art im Spiegel. Die anderen schalten sie heftig, und dann gingen alle hinaus. Etliche Schinken, die in der Küche baumelten, wurden zur Beerdigung nach draußen geschafft, und das Bierfäßchen in der Spülküche schlug ein Huftritt Boxers leck, doch ansonsten wurde im Haus nichts angerührt. Man faßte sogleich den einhelligen Beschluß, das Farmhaus als Museum weiterzuerhalten. Alle waren der Meinung, daß dort niemals ein Tier wohnen dürfe.

Die Tiere frühstückten, und dann wurden sie von Schneeball und Napoleon wieder zusammengerufen.

»Genossen«, sagte Schneeball, »es ist halb sieben, und wir haben einen langen Tag vor uns. Heute beginnen wir mit der Heuernte. Doch zuerst gilt es noch etwas anderes zu erledigen.«

Die Schweine enthüllten jetzt, daß sie sich während der vergangenen drei Monate das Lesen und Schreiben beigebracht hatten, und zwar aus einer alten Fibel, die einst den Kindern von Mr. Jones gehört hatte und anschließend auf dem Misthaufen gelandet war. Napoleon ließ Töpfe mit schwarzer und weißer Farbe herbeischaffen und ging voran hinunter zu dem Gittertor mit den fünf Querstangen, das auf die Hauptstraße führte. Dann klemmte sich Schneeball (denn Schneeball konnte am besten schreiben) einen Pinsel zwischen die beiden Klauen seiner Schweinshaxe, übermalte das Wort HERREN-FARM auf dem obersten Torbalken und schrieb dafür FARM DER TIERE hin. So sollte von nun an der Name der Farm lauten. Hierauf gingen sie zu den Farmgebäuden zurück, wo Schneeball und Napoleon nach einer Leiter schickten, die sie an die Rückwand der großen Scheune lehnen ließen. Sie erklärten, daß es den Schweinen im Verlauf ihres dreimonatigen Studiums gelungen sei, die Prinzipien des Animalismus auf Sieben Gebote zu reduzieren. Und diese Sieben Gebote würden jetzt an die Wand geschrieben werden; sie würden das unabänderliche Gesetz bilden, nach dem hinfort alle Tiere auf der Farm der Tiere leben müßten. Mit einiger Mühe (denn es fällt einem

Schwein nicht leicht, auf einer Leiter zu balancieren) kraxelte Schneeball hoch und ging ans Werk, während ihm einige Sprossen tiefer Schwatzwutz den Farbtopf hielt. Die Gebote wurden in großen, weißen Buchstaben an die geteerte Wand geschrieben, so daß man sie aus dreißig Metern Entfernung lesen konnte. Sie lauteten wie folgt:

Die Sieben Gebote

1. *Alles was auf zwei Beinen geht,*
   ist ein Feind.
2. *Alles was auf vier Beinen geht oder Flügel hat,*
   ist ein Freund.
3. *Kein Tier soll Kleider tragen.*
4. *Kein Tier soll in einem Bett schlafen.*
5. *Kein Tier soll Alkohol trinken.*
6. *Kein Tier soll ein anderes Tier töten.*
7. *Alle Tiere sind gleich.*

Es war sehr sauber geschrieben, und abgesehen davon, daß ›Fruend‹ statt ›Freund‹ zu lesen war und ein ›s‹ seitenverkehrt, stimmte die Orthographie durchweg. Zum Nutzen der übrigen las es Schneeball laut vor. Alle Tiere nickten völlige Zustimmung, und die schlaueren begannen sogleich, die Gebote auswendig zu lernen.

»Nun, Genossen«, sagte Schneeball und warf den Malerpinsel hin, »zur Wiese! Ehrensache, daß wir die Ernte schneller einbringen, als es Jones und seine Leute tun könnten.«

Doch in diesem Augenblick ließen die drei Kühe, die sich schon seit geraumer Zeit unbehaglich gefühlt zu haben schienen, ein lautes Muhen vernehmen. Sie waren seit vierundzwanzig Stunden nicht mehr gemolken worden, und ihre Euter platzten fast. Nach kurzem Überlegen ließen die Schweine Eimer holen und molken die Kühe mit recht gutem Erfolg, da ihre Haxen für diese Arbeit bestens geeignet waren. Bald schäumte in fünf Eimern sahnige Milch, die von vielen der Tiere mit erheblichem Interesse betrachtet wurde.

»Was soll mit der vielen Milch geschehen?« fragte eines.

»Jones mischte manchmal etwas davon in unseren Futterbrei«, sagte eine der Hennen.

»Sorgt euch nicht um die Milch, Genossen!« rief Napoleon und baute sich vor den Eimern auf. »Darum wird sich schon gekümmert werden. Die Ernte ist wichtiger. Genosse Schneeball wird euch anführen. Ich folge in wenigen Minuten. Vorwärts, Genossen! Das Heu wartet.«

So zogen die Tiere in Scharen zur Wiese, um mit der Ernte zu beginnen, und als sie am Abend zurückkamen, bemerkte man, daß die Milch verschwunden war.

KAPITEL III

Und wie sie sich plackten und schwitzten, um das Heu einzubringen! Doch ihre Mühen wurden belohnt, denn die Ernte war sogar ein noch größerer Erfolg, als sie erhofft hatten.

Manchesmal war die Arbeit hart; die Geräte waren für Menschen geschaffen worden und nicht für Tiere, und es war ein großer Nachteil, daß kein Tier ein Werkzeug benutzen konnte, zu dessen Gebrauch es sich auf die Hinterbeine hätte stellen müssen. Doch die Schweine waren so gewitzt, daß ihnen zu jeder Schwierigkeit auch immer ein Ausweg einfiel. Was die Pferde betraf, so kannten sie jeden Zoll des Felds und verstanden sich auf das Geschäft des Mähens und Rechens fürwahr weit besser, als Jones und seine Leute es je getan hatten. Die Schweine arbeiteten nicht im eigentlichen Sinne, sie dirigierten und überwachten vielmehr die übrigen. Bei ihrem überlegenen Wissen war es nur natürlich, daß sie die Führungsrolle übernahmen. Boxer und Kleeblatt schirrten sich selber vor das Schneidemesser oder den Pferderechen (Kandaren und Zügel waren in diesen Tagen natürlich überflüssig) und stapften pflichtgetreu immer wieder um das Feld, und hinter ihnen lief ein Schwein und rief: ›Hüh hott, Genosse!‹ oder ›Brrr, steh Genosse!‹, ganz je nachdem eben. Und bis hinunter zum geringsten Tier half ein jedes beim Wenden und Sammeln des Heus mit. Sogar die Enten und Hühner schleppten sich den ganzen Tag in der Sonne hin und her und trugen winzige Heuwische in ihren Schnäbeln herbei. Schließlich dauerte die Ernte bei ihnen zwei Tage kürzer, als sie bei Jones und seinen Leuten sonst immer gedauert hatte. Außerdem war es die größte Ernte, die die Farm jemals gesehen hatte. Es war rein garnichts liegen geblieben; mit ihren scharfen Augen hatten die Hühner und Enten auch noch den allerletzten Halm aufgelesen. Und kein Tier auf der Farm hatte auch nur ein Maul voll gestohlen.

Den ganzen Sommer über lief die Arbeit auf der Farm wie am Schnürchen. Die Tiere waren so glücklich, wie sie es nie für möglich gehalten hätten. Jeder Bissen Futter war ein echter Hochgenuß, jetzt wo es wirklich ihr eigenes Futter war, von ihnen selbst und für sie selbst produziert und nicht mehr von einem mißgünstigen Herrn widerwillig an sie ausgeteilt. Nun, da die nichtswürdigen, schmarotzenden Menschen fort waren, hatte jeder mehr zu fressen. Und obwohl es ihnen an Erfahrung mangelte, gab es doch auch mehr Freizeit. Sie trafen auf viele Schwierigkeiten – als sie, zum Beispiel, später im Jahr das Getreide ernteten, mußten sie ganz im alten Stil das Korn austreten und mit ihrem Atem die Spreu wegpusten, denn die Farm besaß keine Dreschmaschine – doch die Schweine mit ihrer Schläue und Boxer mit seinen ungeheuren Muskeln halfen ihnen immer wieder aus der Klemme. Boxer wurde von allen bewundert. Er war schon zu Jones' Zeiten ein Schwerarbeiter gewesen, doch jetzt glich er mehr drei Pferden als einem; es gab Tage, da schien die gesamte Farmarbeit auf seinen mächtigen Schultern zu lasten. Von früh bis spät schob und zog er immer dort, wo die Arbeit am schwersten war. Er hatte mit einem der Junghähne die Abmachung getroffen, daß dieser ihn morgens eine halbe Stunde früher wachkrähte als die übrigen, und bevor die regelmäßige Tagesarbeit begann, leistete er dort, wo es am allernötigsten schien, ein wenig Freiwilligenarbeit. Seine Antwort auf jedes Problem, jeden Rückschlag lautete: »Ich will und werde noch härter arbeiten!« – und dies hatte er sich als persönliches Motto zu eigen gemacht.

Doch jeder arbeitete nach seinem Vermögen. Die Hühner und Enten zum Beispiel gewannen bei der Ernte durch das Auflesen der verstreuten Körner fünf Scheffel Getreide. Niemand stahl, niemand murrte über seine Rationen, das Streiten und Beißen und die Eifersüchteleien, die früher zur Tagesordnung gehört hatten, waren beinahe verschwunden. Niemand drückte sich – oder fast niemand. Mollie, freilich, war im frühmorgens Aufstehen nicht besonders gut und hatte die Angewohnheit, mit der Begründung, sie spüre einen Stein im Huf, zeitig die Arbeit zu verlassen. Und auch das Betragen der Katze war recht eigentümlich. Man stellte bald fest, daß die Katze nie zu finden war, wenn es Arbeit gab. Sie blieb stundenlang verschwunden und tauchte dann zu den Mahlzeiten oder abends, wenn die Arbeit getan war, wie von ungefähr wieder auf. Doch sie brachte immer so ausgezeichnete Entschuldigungen vor und schnurrte so ergeben, daß sich unmöglich an ihren guten Absichten zweifeln ließ. Der alte Benjamin, der Esel, schien durch die Rebellion gänzlich unverändert. Er tat seine Arbeit auf die gleiche langsame, störrische Art wie zu Jones' Zeiten, drückte sich nicht, meldete sich aber auch nie zu freiwilliger Arbeit. Über die Rebellion und ihre Ergebnisse mochte er sich nicht äußern. Wurde er gefragt, ob er denn jetzt, da Jones fort war, nicht glücklicher sei, sagte er bloß: »Esel haben ein langes Leben. Keiner von euch hat je einen toten Esel gesehen«, und die anderen mußten sich mit dieser rätselhaften Antwort bescheiden.

Sonntags wurde nicht gearbeitet. Frühstück gab es eine Stunde später als sonst, und nach dem Frühstück fand eine Zeremonie statt, die jede Woche ohne Fehl abgehalten wurde. Zuerst wurde die Flagge gehißt. Schneeball hatte in der Geschirrkammer ein altes grünes Tischtuch von Mrs. Jones gefunden und darauf mit weißer Farbe einen Huf und ein Horn gemalt. Und diese Flagge wurde jeden Sonntagmorgen an dem Fahnenmast im Farmhausgarten aufgezogen. Die Flagge sei grün, so erklärte Schneeball, um die grünen Fluren Englands zu versinnbildlichen, wohingegen Huf und Horn die zukünftige Republik der Tiere bedeuteten, die entstehen würde, wenn die menschliche Rasse endgültig besiegt worden wäre. Nach dem Hissen der Flagge strömten alle Tiere in die große Scheune zu einer Generalversammlung, die als das ›Treffen‹ bekannt war. Hier wurde die Arbeit für die kommende Woche geplant, wurden Resolutionen eingebracht und debattiert. Immer waren es die Schweine, die die Resolutionen einbrachten. Die anderen Tiere wußten zwar, wie man abstimmte, doch eigene Resolutionen fielen ihnen nie ein. In den Debatten waren Schneeball und Napoleon bei weitem die aktivsten. Doch ließ sich dabei bemerken, daß die beiden nie einer Meinung waren: gleichgültig welchen Vorschlag der eine machte, der andere wandte sich mit Sicherheit dagegen. Selbst als beschlossen wurde – ein Beschluß, gegen den eigentlich niemand etwas einwenden konnte –, eine kleine Koppel hinter dem Obstgarten als Ruheheim für Tiere zu reservieren, die aus dem Arbeitsalter heraus waren, gab es eine stürmische Debatte über das korrekte Pensionsalter für jede Tierklasse. Das Treffen endete stets mit dem Absingen von ›Tiere Englands‹, und der Nachmittag gehörte der Erholung.

Die Schweine hatten ihr Hauptquartier in der Geschirrkammer aufgeschlagen. Hier erlernten sie abends aus Büchern, die sie aus dem Farmhaus geholt hatten, die Schmiedekunst, das Schreinerhandwerk und andere nötige Fertigkeiten. Schneeball beschäftigte sich auch damit, die anderen Tiere in sogenannten ›Tierkomitees‹ zu organisieren. Hierin war er unermüdlich. Er schuf das

›Eierproduktions-Komitee‹ für die Hennen, die ›Sauberschwanz-Liga‹ für die Kühe, das ›Reedukationskomitee für Wilde Genossen‹ (dessen Ziel es war, die Ratten und Kaninchen zu zähmen), die ›Weißere-Wolle-Bewegung‹ für die Schafe, sowie verschiedene andere, und richtete nebenher noch Klassen ein, in denen Lesen und Schreiben gelehrt wurde. Im ganzen waren diese Projekte eine Riesenpleite. Der Versuch, die wilden Tiere zu zähmen, brach, zum Beispiel, beinahe augenblicklich wieder zusammen. Sie benahmen sich weiterhin wie zuvor, und behandelte man sie mit Großmut, so nutzten sie diese schlicht und einfach nur aus. Die Katze trat dem ›Reedukationskomitee‹ bei

und war darin einige Tage lang sehr aktiv. Man sah sie eines Tages auf dem Dach sitzen und zu einigen Sperlingen sprechen, die sich außerhalb ihrer Krallenweite befanden. Sie erzählte ihnen, daß alle Tiere jetzt Genossen seien und daß sich jeder Sperling, der nur Lust dazu verspüre, auf ihrer Pfote niederlassen könne; doch die Sperlinge blieben auf Abstand.

Die Lese- und Schreibklassen hingegen waren ein voller Erfolg. Bis zum Herbst war beinahe jedes Tier auf der Farm in einem gewissen Grade gebildet.

Was die Schweine betraf, so konnten sie schon perfekt lesen und schreiben. Die Hunde lernten recht gut lesen, interessierten sich aber ausschließlich für die Lektüre der Sieben Gebote. Muriel, die Ziege, konnte etwas besser lesen als die Hunde und pflegte den anderen manchmal abends aus den Zeitungsfetzen vorzulesen, die sie auf dem Abfallhaufen fand. Benjamin konnte ebensogut lesen wie jedes Schwein, doch er wandte seine Fähigkeit nie an. So weit er wisse, sagte er, sei nichts lesenswert. Kleeblatt lernte das ganze Alphabet, konnte aber keine Wörter zusammensetzen. Boxer kam nicht über den Buchstaben D hinaus. Er malte A, B, C, D mit seinem großen Huf in den Staub und stand dann da und starrte mit angelegten Ohren die Buchstaben an, schüttelte manchmal seine Stirnlocke und versuchte sich mit aller Macht daran zu erinnern, was als nächstes kam, ohne damit aber jemals Erfolg zu haben. Er lernte freilich auch mehrmals die Buchstaben E, F, G, H, doch wenn er sie endlich konnte, stellte sich immer heraus, daß er A, B, C, D vergessen hatte. Zuletzt beschloß er, sich mit den ersten vier Buchstaben zufriedenzugeben, und schrieb sie gewöhnlich ein- oder zweimal täglich hin, um sein Gedächtnis aufzufrischen. Mollie weigerte sich, andere Buchstaben zu lernen als die sechs, aus denen ihr Name bestand. Diese bildete sie sehr hübsch aus Aststückchen, dekorierte sie dann mit ein paar Blumen und ging bewundernd um sie herum.

Von den anderen Tieren auf der Farm kam keines weiter als bis zum Buchstaben A. Es zeigte sich auch, daß die dümmeren Tiere wie Schafe, Hühner und Enten unfähig waren, die Sieben Gebote auswendig zu lernen. Nach langem Sinnen erklärte Schneeball, die Sieben Gebote ließen sich tatsächlich auf eine einzige Maxime reduzieren, nämlich: »Vierbeiner gut, Zweibeiner schlecht.« Dies, sagte er, enthalte das wesentliche Prinzip des Animalismus. Wer dies einmal gründlich begriffen habe, sei vor menschlichen Einflüssen sicher. Die Vögel erhoben zunächst Einwände, denn es schien ihnen, daß auch sie zwei Beine hätten, aber Schneeball bewies ihnen, daß dem nicht so war.

»Ein Vogelflügel, Genossen«, sagte er, »ist ein Organ der Mobilisation, nicht aber der Manipulation. Er sollte deshalb als Bein angesehen werden. Das Unterscheidungsmerkmal des Menschen ist die *Hand,* das Instrument, mit dem er all seine Übel anrichtet.«

Die Vögel verstanden Schneeballs lange Worte nicht, doch sie akzeptierten seine Erklärung, und alle anspruchsloseren Tiere gingen sogleich daran, die neue Maxime auswendig zu lernen. VIERBEINER

GUT, ZWEIBEINER SCHLECHT wurde oberhalb der Sieben Gebote und mit noch größeren Buchstaben an die Rückwand der Scheune geschrieben. Als sie sie erst einmal auswendig konnten, entwickelten die Schafe eine große Vorliebe für diese Maxime, und oft, wenn sie auf der Wiese lagen, begannen sie alle zu blöken: »Vierbeiner gut, Zweibeiner schlecht! Vierbeiner gut, Zweibeiner schlecht!«, und das stundenlang, ohne es jemals sattzubekommen.

Napoleon interessierte sich nicht für Schneeballs Komitees. Er sagte, die Erziehung der Jungen sei wichtiger als alles, was man für die bereits Erwachsenen tun könne. Es begab sich, daß Jessie und Glockenblume bald nach der Heuernte geworfen und miteinander neun strammen Welpen das Leben geschenkt hatten. Sobald sie entwöhnt waren, holte Napoleon sie von ihren Müttern weg und sagte, er werde persönlich für ihre Erziehung haften. Er brachte sie in einen Speicher hinauf, der sich nur von der Geschirrkammer aus mittels einer Leiter erreichen ließ, und dort hielt er sie so abgeschlossen, daß die übrigen Tiere der Farm ihr Dasein rasch vergessen hatten.

Das Geheimnis, wohin die Milch verschwand, klärte sich bald auf. Sie wurde täglich dem Futter der Schweine beigemischt. Die Frühäpfel reiften jetzt, und das Gras des Gartens war mit Fallobst übersät. Die Tiere hatten es als selbstverständlich angenommen, daß es zu gleichen Teilen unter ihnen aufgeteilt würde; eines Tages jedoch erging der Befehl, alles Fallobst sei einzusammeln und zur Verfügung der Schweine in die Geschirrkammer zu bringen. Hierüber murrten einige der anderen Tiere, doch es nutzte nichts. Alle Schweine waren sich in diesem Punkt völlig einig, selbst Schneeball und Napoleon. Schwatzwutz wurde ausgeschickt, um den übrigen die erforderlichen Erklärungen zu geben.

»Genossen!«, rief er. »Ihr glaubt doch hoffentlich nicht etwa, wir Schweine täten dies aus Eigennutz oder Privilegdenken? Viele von uns mögen eigentlich Milch und Äpfel gar nicht. Ich persönlich verabscheue sie. Wenn wir diese Dinge zu uns nehmen, so tun wir dies mit dem einzigen Ziel, unsere Gesundheit zu erhalten. Milch und Äpfel (das ist wissenschaftlich erwiesen, Genossen) enthalten Substanzen, die für das Wohlbefinden eines Schweins absolut nötig sind. Wir Schweine sind Kopfarbeiter. Die ganze Leitung und Organisation dieser Farm hängt von uns ab. Wir wachen Tag und Nacht über eure Wohlfahrt. Um *euretwil-*

len trinken wir diese Milch und essen wir diese Äpfel. Wißt ihr, was geschehen würde, wenn wir Schweine in unserer Pflicht versagten? Jones würde zurückkommen! Ja, das würde er! Bestimmt, Genossen«, rief Schwatzwutz beinahe flehentlich, hopste von einer Seite auf die andere und fegte mit dem Schwanz durch die Luft, »bestimmt ist keiner unter euch, der es erleben möchte, daß Jones zurückkommt?«

Wenn es nun etwas gab, worüber sich die Tiere völlig sicher waren, dann das, daß sie Jones nicht zurückhaben wollten. Als ihnen die Angelegenheit in diesem Licht präsentiert wurde, hatten sie weiter nichts mehr zu sagen. Die Dringlichkeit, die Schweine bei guter Gesundheit zu erhalten, war allzu offensichtlich. Also kam man ohne weitere Debatten überein, daß die Milch und das Fallobst (und später auch die Haupternte der Äpfel) den Schweinen allein vorbehalten bleiben sollten.

Kapitel iv

Bis zum Spätsommer hatte sich die Kunde dessen, was auf der Farm der Tiere geschehen war, durch die halbe Grafschaft verbreitet. Täglich entsandten Schneeball und Napoleon Taubenschwärme, die Anweisung hatten, sich unter die Tiere der Nachbarfarmen zu mischen, ihnen die Geschichte der Rebellion zu erzählen und die Melodie von ›Tiere Englands‹ beizubringen.

Die meiste Zeit hiervon hatte Mr. Jones damit verbracht, in der Schankstube des ›Roten Löwen‹ zu Willingdon zu sitzen und jedem, der es hören wollte, sein Leid über das ungeheuerliche Unrecht zu klagen, das ihm dadurch widerfahren sei, daß ihn eine Bande nichtsnutziger Tiere von seinem Besitz vertrieben habe. Die anderen Farmer sympathisierten im Grunde mit ihm, halfen ihm aber anfangs kaum. Insgeheim fragte sich jeder einzelne von ihnen, ob er aus Jones' Mißgeschick nicht irgendwie Nutzen schlagen könnte. Es traf sich glücklich, daß die Besitzer der beiden Farmen, die an die Farm der Tiere angrenzten, dauernd auf gespanntem Fuß lebten. Eine von ihnen, ›Fuchs-

wald‹ genannt, war eine große, verwahrloste, altmodische Farm, arg von Waldland überwachsen, mit ausgelaugten Weiden und mit Hecken, deren Zustand entwürdigend war. Ihr Besitzer, Mr. Pilkington, war ein leichtlebiger Gutsherr, der seine Zeit – saisonbedingt – zumeist mit Fischen oder Jagen verbrachte. Die andere Farm, die ›Knickerfeld‹ hieß, war kleiner und besser in Schuß. Ihr Eigentümer war ein gewisser Mr. Frederick, ein zäher, gerissener Mann, der andauernd in Prozesse verwickelt war und in dem Ruf stand, bei Geschäften rücksichtslos seinen Vorteil zu wahren. Diese zwei waren einander so spinnefeind, daß es ihnen sauer wurde, zu irgendeiner Übereinkunft zu gelangen, auch wenn es sich um die Verteidigung ihrer eigenen Interessen handelte.

Nichtsdestoweniger hatte die Rebellion auf der Farm der Tiere ihnen beiden einen gehörigen Schrecken eingejagt, und sie waren ängstlich darauf bedacht, zu verhindern, daß ihre eigenen Tiere allzu viel darüber erfuhren. Zuerst taten sie so, als amüsierten sie sich hämisch über die Vorstellung, daß Tiere eine Farm in eigener Leitung betrieben. Die ganze Sache würde binnen vierzehn Tagen vorbei sein, sagten sie. Sie streuten das Gerücht aus, daß die Tiere auf der ›Herren-Farm‹ (sie nannten sie beharrlich die ›Herren-Farm‹; den Namen ›Farm der Tiere‹ duldeten sie nicht) in ständigem Zwist untereinander lebten und auch rasch verhungern würden. Als die Zeit ins Land ging und die Tiere offensichtlich nicht verhungert waren, schlugen Frederick und Pilkington andere Töne an und begannen von der schrecklichen Verruchtheit zu reden, die jetzt auf der Farm der Tiere floriere. Es wurde ausgesprengt, daß die Tiere dort dem Kannibalismus frönten, einander mit rotglühenden Hufeisen folterten und sich ihre Weibchen teilten. Das komme davon, wenn man gegen die Naturgesetze rebelliere, sagten Frederick und Pilkington.

Doch diese Geschichten wurden immer nur zur

Hälfte geglaubt. Gerüchte von einer wundervollen Farm, von der die Menschen vertrieben worden seien und wo die Tiere ihre Angelegenheiten selber regelten, kursierten weiterhin in vager und entstellter Form, und das ganze Jahr hindurch spülte eine Welle der Widerspenstigkeit über das Land. Bullen, die immer fügsam gewesen waren, wurden plötzlich wild, Schafe rissen die Hecken nieder und fraßen den Klee, Kühe stießen den Melkkübel um, Jagdpferde verweigerten vor den Hürden und warfen ihre Reiter hinüber. Vor allem aber waren die Melodie und sogar der Text von ›Tiere Englands‹ überall bekannt. Das Lied hatte sich mit erstaunlicher Schnelligkeit verbreitet. Die Menschen vermochten ihre Wut nicht zu bremsen, wenn sie dies Lied hörten, obwohl sie so taten, als fänden sie es einfach bloß lächerlich. Es sei ihnen unbegreiflich, sagten sie, wie selbst Tiere es über sich bringen könnten, einen so schamlosen Quatsch zu singen. Jedes Tier, das beim Singen erwischt wurde, bekam auf der Stelle eine Tracht Prügel. Und dennoch ließ sich das Lied nicht unterdrücken. Die Amseln zwitscherten es in den Hecken, die Tauben gurrten es in den Ulmen, es drang in den Lärm der Schmieden und in das Geläute der Kirchenglocken. Und wenn die Menschen ihm lauschten, dann zitterten sie insgeheim, denn sie glaubten darin die Prophezeiung ihres nahenden Untergangs zu vernehmen.

Früh im Oktober, als das Getreide geschnitten und geschobert und teilweise auch schon gedroschen war, kam ein Taubenschwarm durch die Luft herangewirbelt und landete in heller Erregung im Hof der Farm der Tiere. Jones und alle seine Leute und obendrein noch ein halbes Dutzend andere von Fuchswald und Knickerfeld hätten das Gittertor mit den fünf Querstangen aufgebrochen und kämen schon den Karrenweg herauf, der zur Farm führte. Sie trügen alle Knüppel, bis auf Jones, der mit der Flinte in der Hand voranmarschiere. Sie wollten ganz offensichtlich die Rückeroberung der Farm versuchen.

Dies war seit langem erwartet worden, und man hatte alle Vorkehrungen getroffen. Schneeball, der im Farmhaus ein altes Buch über die Feldzüge Julius Caesars gefunden und es studiert hatte, leitete die Verteidigungsmaßnahmen. Er erteilte rasch seine Befehle, und binnen weniger Minuten war jedes Tier auf seinem Posten.

Als sich die Menschen den Farmgebäuden näherten, lancierte Schneeball seine erste Attacke. Alle Tauben, fünfunddreißig Stück an der Zahl, schwirrten über den Köpfen der Männer und ließen im Flug ihren Mist auf sie fallen; und während die Männer damit zu schaffen hatten, schossen die Gänse aus ihrem Versteck hinter der Hecke hervor und hackten grimmig nach ihren Waden. Doch dies diente lediglich als kleines Scharmützelmanöver, um ein wenig Verwirrung zu stiften, und die Männer verscheuchten die Gänse mühelos mit ihren Knüppeln. Jetzt ließ Schneeball die zweite Angriffswelle rollen. Muriel, Benjamin und alle Schafe stürmten, mit Schneeball an der Spitze, vorwärts und stießen und stachen die Männer von allen Seiten, während Benjamin sich umdrehte und mit seinen kleinen Hufen nach ihnen auskeilte. Doch abermals waren die Männer mit ihren Knüppeln und den genagelten Stiefeln zu gut für sie gerüstet; und plötzlich, auf ein Quieken Schneeballs hin, das das Signal zum Rückzug war, machten alle Tiere kehrt und flohen durch das Tor in den Hof.

Die Männer stimmten ein Triumphgeschrei an. Sie glaubten ihre Feinde in die Flucht geschlagen und stürmten ihnen ungeordnet hinterdrein. Genau das hatte Schneeball beabsichtigt. Sobald die Männer alle im Hof standen, tauchten hinter ihnen plötzlich die drei Pferde, die drei Kühe und die übrigen Schweine, die alle im Kuhstall auf der Lauer gelegen hatten, auf und schnitten ihnen den Rückzug ab. Schneeball gab jetzt das Signal zum Sturmangriff. Er selbst stürzte sich direkt auf Jones. Jones sah ihn kommen, legte die Flinte an und feuerte. Die Schrotkörner rissen blutige Striemen über Schneeballs Rücken, und ein Schaf fiel tot um. Ohne auch nur einen Augenblick lang zu zaudern, warf sich Schneeball mit seinen einhundertneunzig Pfund gegen Jones' Beine. Jones segelte in einen Misthaufen, und die Flinte flog ihm aus der Hand. Das beängstigendste Schauspiel aber bot Boxer, der sich auf seinen Hinterläufen aufbäumte und mit seinen mächtigen, eisenbeschlagenen Hufen wie ein Hengst ausschlug. Schon sein erster Tritt traf einen Stallburschen von Fuchswald am Schädel und streckte ihn leblos in den Schlamm. Bei diesem Anblick ließen mehrere Männer ihre Knüppel fallen und versuchten davonzulaufen. Panik ergriff sie, und im nächsten Augenblick wurden sie von allen Tieren rings im Hof herum gejagt. Man spießte sie, trat sie, biß sie, trampelte auf sie. Da war kein Tier auf der Farm, das sich nicht auf seine Art an ihnen rächte. Sogar die Katze sprang plötzlich von einem Dach auf die Schultern eines Kuhknechts und grub ihm die

Krallen in den Hals, daß er gellend aufheulte. Als der Ausgang gerade einen Moment unbewacht blieb, waren die Männer nur zu froh, aus dem Hof hinauszurennen – und sich zur Hauptstraße hin aus dem Staube zu machen. Und so befanden sie sich ganze fünf Minuten nach ihrem Eindringen auf dem schmählichen Rückzug über den gleichen Weg, den sie gekommen waren, und eine Schar Gänse zischte hinter ihnen her und hackte immerzu nach ihren Waden.

Alle Männer waren jetzt fort bis auf einen. Hinten im Hof scharrte Boxer mit seinem Huf an dem Stallburschen, der mit dem Gesicht im Schlamm lag, und versuchte ihn umzudrehen. Der Junge regte sich nicht.

»Er ist tot«, sagte Boxer kummervoll. »Das habe ich nicht gewollt. Ich hatte ganz vergessen, daß ich ja Hufeisen trage. Wer wird mir glauben, daß ich das nicht absichtlich getan habe?«

»Keine Sentimentalitäten, Genosse!« rief Schneeball, aus dessen Wunden immer noch Blut tropfte. »Krieg ist Krieg. Nur ein toter Mensch ist ein guter Mensch.«

»Ich mag niemandem das Leben nehmen, nicht einmal einem Menschen«, wiederholte Boxer mit Tränen in den Augen.

»Wo ist Mollie?« rief plötzlich jemand.

Mollie fehlte tatsächlich. Für einen Augenblick herrschte große Bestürzung; man befürchtete, die Menschen könnten ihr vielleicht ein Leid angetan oder sie gar mit sich weggeschleppt haben. Doch schließlich fand man sie in ihrem Stall, wo sie sich, mit dem Kopf im Heu der Futterkrippe, versteckte. Sie war gleich beim ersten Flintenknall geflohen. Und als die anderen von ihrer Suche nach Mollie zurückkamen, da entdeckten sie, daß der Stallbursche, der in Wahrheit nur betäubt gewesen war, sich bereits erholt und auf und davon gemacht hatte.

Die Tiere hatten sich jetzt in heller Aufregung wiederversammelt, und ein jedes zählte noch einmal so laut es nur konnte seine eigenen Ruhmestaten in der Schlacht her. Man hielt sogleich eine improvisierte Siegesfeier ab. Die Flagge wurde aufgezogen und ›Tiere Englands‹ etliche Male abgesungen, dann erhielt das Schaf, das gefallen war, ein feierliches Begräbnis, und auf sein Grab pflanzte man einen Weißdornbusch. Am Grab hielt Schneeball eine kleine Ansprache, in der er die Notwendigkeit betonte, daß alle Tiere nötigenfalls bereit sein müßten, für die Farm der Tiere zu sterben.

Die Tiere beschlossen einstimmig, eine militärische Auszeichnung zu schaffen, ›Tierheld erster Klasse‹, die an Ort und Stelle Schneeball und Boxer verliehen wurde. Sie bestand aus einer Messingmedaille (eigentlich waren es irgendwelche alten Pferdespangen, die sich in der Geschirrkammer gefunden hatten), die an Sonn- und Feiertagen zu tragen war. Es gab auch den ›Tierheld zweiter Klasse‹, dieser wurde dem toten Schaf posthum verliehen.

Man diskutierte des langen und breiten darüber, wie die Schlacht genannt werden sollte. Zuguterletzt bekam sie den Namen die ›Schlacht am Kuhstall‹, weil dort der Hinterhalt gelegt worden war. Mr. Jones' Flinte hatte man im Schlamm gefunden, und es war bekannt, daß im Farmhaus ein Munitionsvorrat lag. Man beschloß, die Flinte am Fuß des Fahnenmastes wie ein Geschütz aufzustellen und zweimal im Jahr abzufeuern – einmal am zwölften Oktober, dem Jahrestag der Schlacht am Kuhstall, und einmal am Johannistag, dem Jahrestag der Rebellion.

KAPITEL V

Je näher der Winter rückte, desto beschwerlicher wurde es mit Mollie. Sie erschien jeden Morgen zu spät zur Arbeit und entschuldigte sich damit, verschlafen zu haben; desgleichen klagte sie über mysteriöse Schmerzen, obwohl ihr Appetit ausgezeichnet war. Sie lief unter jedem nur erdenklichen Vorwand von der Arbeit weg und ging zur Tränke, wo sie dann ganz närrisch stand und ihr eigenes Spiegelbild im Wasser betrachtete. Doch es gab auch noch bedenklichere Gerüchte über sie. Als Mollie eines Tages vergnügt auf den Hof geschlendert kam, kokett den langen Schweif hin und her schwang und auf einem Strohhalm kaute, nahm Kleeblatt sie beiseite.

»Mollie«, sagte sie, »ich habe dir etwas sehr Ernstes zu sagen. Heute morgen habe ich gesehen, wie du über die Hecke geschaut hast, die die Farm der Tiere von Fuchswald trennt. Einer von Mr. Pilkingtons Leuten stand auf der anderen Seite der Hecke. Und – ich war zwar ziemlich weit weg, doch ich bin mir fast sicher, es gesehen zu haben –

er sprach mit dir, und du hast ihm sogar erlaubt, dir die Nase zu streicheln. Was hat das zu bedeuten, Mollie?«

»Hat er nicht! Hab ich nicht! Stimmt überhaupt nicht!« rief Mollie, bäumte sich auf und scharrte auf dem Boden.

»Mollie! Sieh mir ins Gesicht. Gibst du mir dein Ehrenwort darauf, daß dir der Mann nicht die Nase gestreichelt hat?«

»Stimmt überhaupt nicht!« wiederholte Mollie, doch sie konnte Kleeblatt nicht ins Gesicht sehen, und im nächsten Augenblick gab sie Fersengeld und galoppierte aufs Feld davon.

Kleeblatt hatte einen blitzartigen Einfall. Ohne den anderen etwas zu sagen, ging sie zu Mollies Box und stöberte mit ihrem Huf im Stroh. Unter dem Stroh verborgen lagen ein kleines Häufchen Würfelzucker und etliche Bündel verschiedenfarbiger Bänder.

Drei Tage später verschwand Mollie. Einige Wochen lang wußte man nichts über ihren Verbleib, dann berichteten die Tauben, sie hätten sie auf der anderen Seite von Willingdon gesehen. Sie stand zwischen den Deichseln eines eleganten, rot und schwarz gestrichenen Dogcarts, der vor einem Wirtshaus hielt. Ein fetter, rotgesichtiger Mann in karierten Knickerbockern und Gamaschen, der wie ein Schankwirt aussah, streichelte ihr die Nase und fütterte sie mit Zucker. Ihr Fell war frisch geschoren, und um die Stirnlocke trug sie ein hellrotes Band. Sie schien sich wohl zu fühlen, so sagten die Tauben. Keines der Tiere erwähnte jemals wieder Mollies Namen.

Der Januar brachte bitterkaltes Wetter. Die Erde war wie aus Eisen, und auf den Feldern konnte nichts getan werden. Es wurden zahlreiche Versammlungen in der großen Scheune abgehalten, und die Schweine beschäftigten sich damit, den Arbeitsplan für die kommende Saison zu erstellen. Es hatte die allgemeine Billigung gefunden, daß den Schweinen, die deutlich klüger waren als die anderen Tiere, die Entscheidung in allen Fragen der Farmpolitik anstand, wiewohl ihre Entscheidungen durch einen Mehrheitsbeschluß ratifiziert werden mußten. Diese Einrichtung würde auch gut funktioniert haben, hätte es nicht die Dispute zwischen Schneeball und Napoleon gegeben. Die beiden waren überall uneins, wo nur Uneinigkeit herrschen konnte. Machte der eine von ihnen den Vorschlag, auf einer größeren Anbaufläche Gerste zu säen, forderte der andere mit Sicherheit eine größere Anbaufläche für Hafer, und sagte einer von ihnen, daß dieses oder jenes Feld genau richtig für Kohl sei, erklärte der andere, daß es einzig und allein für Rüben tauge. Jeder hatte seine eigene Gefolgschaft, und es gab mehrere heftige Debatten. Bei den Treffen gewann Schneeball durch seine brillanten Reden oft die Mehrheit, doch Napoleon war geschickter darin, zwischenzeitlich für Unterstützung zu werben. Bei den Schafen war er besonders erfolgreich. Die Schafe hatten es sich in letzter Zeit angewöhnt, zu jeder passenden und unpassenden Gelegenheit »Vierbeiner gut, Zweibeiner schlecht« zu blöken, und damit unterbrachen sie oft das Treffen. Es fiel auf, daß sie gerade bei entscheidenden Stellen von Schneeballs Reden gern ihr »Vierbeiner gut, Zweibeiner schlecht« anstimmten. Schneeball hatte einige alte Nummern von »Landwirtschaft und Viehzucht«, die sich im Farmhaus fanden, intensiv studiert und steckte voller Neuerungs- und Verbesserungspläne. Er sprach gelehrt über Felderentwässerung, Silage und Thomasschlacke und hatte einen komplizierten Plan entworfen, demzufolge alle Tiere ihren Dung direkt auf den Feldern fallen lassen sollten, und zwar jeden Tag an einer anderen Stelle, um den Aufwand des Transports zu sparen. Napoleon legte keine eigenen Pläne vor, sondern meinte nur seelenruhig, daß die von Schneeball zu nichts führen würden, und schien im übrigen den rechten Augenblick abzuwarten. Doch von all ihren Kontroversen wurde keine so erbittert geführt wie die über die Windmühle.

Auf dem langen Weidestreifen, unweit der Farmgebäude, gab es eine kleine Hügelkuppe, die den höchsten Punkt der Farm bildete. Nach eingehender Prüfung des Terrains erklärte Schneeball, dies sei genau der richtige Fleck für eine Windmühle, durch die sich ein Dynamo antreiben und die Farm mit Elektrizität versorgen lasse. Damit könnte man die Ställe beleuchten und im Winter heizen und ferner eine Kreissäge, eine Häckselmaschine, einen Mangoldschneider und eine elektrische Melkanlage betreiben. Die Tiere hatten von dergleichen noch nie gehört (denn die Farm war altmodisch und nur mit den allerprimitivsten Maschinen ausgerüstet), und sie lauschten voll Staunen, während Schneeball die Bilder phantastischer Maschinen heraufbeschwor, die ihnen die Arbeit abnehmen würden, dieweil sie selbst gemächlich auf den Wiesen grasten oder durch Lektüre und Gespräch ihren geistigen Horizont erweiterten.

Binnen weniger Wochen waren Schneeballs

Pläne für die Windmühle komplett ausgearbeitet. Die die Mechanik betreffenden Details entstammten zumeist drei Büchern, die Mr. Jones gehört hatten – *Tausend taugliche Tips für Haus und Hof, Jedermann sein eigener Maurer* und *Elektrizität für Anfänger*. Als Arbeitszimmer benutzte Schneeball einen Schuppen, der früher einmal eine Brutanlage beherbergt hatte und der einen glatten Holzboden besaß, auf dem man gut zeichnen konnte. Dort schloß er sich manchmal stundenlang ein. Die Bücher von einem Stein offengehalten und ein Stück Kreide zwischen die Knöchel seiner Schweinshaxe geklemmt, so lief er rasch hin und her, zeichnete Linie um Linie hin und gab leise, aufgeregte Quiekser von sich. Allmählich wuchsen sich die Pläne zu einer komplizierten Ansammlung von Kurbeln und Zahnrädern aus, die mehr als die Hälfte des Fußbodens bedeckte und die die anderen Tiere absolut unverständlich, aber sehr beeindruckend fanden. Sie kamen alle mindestens einmal am Tag, um Schneeballs Zeichnungen zu besichtigen. Sogar die Hühner und Enten kamen und gaben sich alle Mühe, nicht auf die Kreidestriche zu treten. Nur Napoleon hielt sich abseits. Er hatte sich von Anfang an gegen die Windmühle ausgesprochen. Eines Tages jedoch tauchte er unvermutet auf, um die Pläne zu inspizieren. Schweren Schritts drehte er eine Runde im Schuppen, besah sich genau jedes Detail der Pläne und beschnüffelte sie ein- oder zweimal, blieb dann ein Weilchen stehen und betrachtete sie aus den Augenwinkeln; dann hob er plötzlich das Bein, schlug sein Wasser über den Plänen ab und ging ohne ein Wort zu verlieren hinaus.

Die ganze Farm war über das Thema Windmühle tief gespalten. Schneeball bestritt nicht, daß ihr Bau Schwierigkeiten bereiten würde. Steine mußten gebrochen und zu Mauern hochgezogen werden, dann galt es die Segel anzufertigen, und anschließend brauchte man Dynamos und Kabel. (Wie diese beschafft werden sollten, sagte Schneeball nicht.) Doch er blieb dabei, daß alles in einem Jahr zu schaffen sei. Und danach, erklärte er, werde man sich soviel Arbeit ersparen, daß die Tiere nur noch drei Tage in der Woche arbeiten müßten. Napoleon dagegen argumentierte, das dringendste Gebot der Stunde laute, die Futterproduktion zu steigern, und daß sie alle Hungers sterben würden, falls sie ihre Zeit mit der Windmühle verschwendeten. Die Tiere bildeten zwei Fraktionen unter den Wahlparolen: »Stimmt für Schneeball und die Drei-Tage-Woche« und »Stimmt für Napoleon

und die volle Krippe«. Benjamin war das einzige
Tier, das sich keiner Fraktion zugesellte. Er wollte
weder glauben, daß das Futter mehr werden, noch
daß die Windmühle Arbeit ersparen würde.

Windmühle hin, Windmühle her, sagte er, das
Leben würde immer so weitergehen wie bisher –
nämlich schlecht.

Neben den Disputen über die Windmühle gab

es noch die Frage der Verteidigung der Farm. Man war sich völlig im klaren darüber, daß die Menschen, obwohl sie in der Schlacht am Kuhstall besiegt worden waren, einen neuerlichen und entschlosseneren Versuch zur Rückeroberung der Farm und Wiedereinsetzung von Mr. Jones unternehmen könnten. Dazu hatten sie um so mehr Grund, als sich die Kunde von ihrer Niederlage auf dem Land verbreitet hatte und die Tiere auf den Nachbarfarmen bockiger denn je machte. Wie üblich waren Schneeball und Napoleon uneins. Nach Napoleons Ansicht mußten sich die Tiere Schußwaffen besorgen und sich in deren Gebrauch üben. Nach Schneeballs Ansicht mußten sie zunehmend mehr Tauben aussenden und unter den Tieren der anderen Farmen die Rebellion schüren. Der eine argumentierte, wenn sie sich nicht verteidigen könnten, sei ihnen die Unterwerfung gewiß; der andere argumentierte, wenn es überall zu Rebellionen komme, bestünde für sie keine Notwendigkeit mehr, sich verteidigen zu müssen. Die Tiere lauschten erst Napoleon, dann Schneeball und konnten sich nicht entscheiden, wer recht hatte; eigentlich fand immer der ihre Zustimmung, der gerade das Wort hatte.

Schließlich kam der Tag, da Schneeballs Pläne

fertiggestellt waren. Bei dem Treffen am darauffolgenden Sonntag sollte die Frage zur Abstimmung gelangen, ob mit der Arbeit an der Windmühle begonnen werden sollte oder nicht. Als die Tiere in der großen Scheune zusammengekommen waren, erhob sich Schneeball und legte, obwohl er dabei ab und zu vom Blöken der Schafe unterbrochen wurde, die Gründe dar, weswegen er den Bau der Windmühle befürworte. Dann erhob sich Napoleon zur Erwiderung. Er sagte ganz ruhig, die Windmühle sei Quatsch, und er rate es keinem, dafür zu stimmen, dann setzte er sich prompt wieder hin; er hatte kaum dreißig Sekunden gesprochen, und die Wirkung, die er hervorrief, schien ihm beinahe egal zu sein. Darauf sprang Schneeball auf, brüllte die Schafe nieder, die wieder zu blöken begonnen hatten, und brach in einen leidenschaftlichen Appell zugunsten der Windmühle aus. Bisher waren die Sympathien der Tiere in etwa gleich verteilt gewesen, doch im Nu hatte sie Schneeballs Beredtsamkeit jetzt fortgerissen. In glühenden Sätzen malte er ein Bild der Farm der Tiere, so wie sie sein könnte, wenn die Tiere von der Last der niedrigen Arbeit befreit wären. Seine Vorstellung war jetzt weit über Häckselmaschinen und Rübenschneider hinausgegangen.

Elektrizität, sagte er, könne Dreschmaschinen antreiben, Pflüge, Eggen, Walzen und Mähmaschinen und Garbenbinder und außerdem jeden Stall mit elektrischem Licht, mit warmem und kaltem Wasser und einem Elektroheizofen versorgen. Als er geendet hatte, bestand kein Zweifel daran, wie die Abstimmung ausgehen würde. Doch just in diesem Moment erhob sich Napoleon, bedachte Schneeball mit einem eigentümlichen Seitenblick und stieß ein hohes Quieken aus, wie es noch niemand von ihm gehört hatte.

Hierauf erscholl draußen ein wütendes Gebell, und neun riesige Hunde mit messingbeschlagenen Halsbändern setzten mit weiten Sprüngen in die Scheune. Sie schossen geradewegs auf Schneeball los, der eben noch rechtzeitig von seinem Platz hochfahren konnte, um ihren zuschnappenden Kiefern zu entgehen. Im nächsten Moment war er zum Tor hinaus, und die Meute hinter ihm her. Zu verblüfft und erschrocken, um etwas zu sagen, drängten sich die Tiere alle durchs Tor, um die Hatz mitzuverfolgen. Schneeball raste über die lange Weide, die zur Straße führte. Er rannte, wie nur ein Schwein rennen kann, doch die Hunde blieben ihm dicht auf den Fersen. Plötzlich rutschte er aus, und es schien schon sicher, daß sie ihn hatten. Dann war er wieder auf den Beinen und rannte schneller denn je, dann wieder holten ihn die Hunde ein. Um ein Haar packten die Kiefer des einen Schneeballs Ringelschwanz, doch Schneeball konnte ihn gerade noch wegziehen. Dann legte er noch einen Zahn zu, witschte mit knapper Not durch ein Loch in der Hecke und ward nicht mehr gesehen.

Stumm und verschreckt schlichen die Tiere in die Scheune zurück. Im nächsten Moment kamen auch die Hunde mit weiten Sprüngen angesetzt. Anfangs hatte sich keiner vorstellen können, woher diese Geschöpfe eigentlich stammten, doch diese Frage wurde bald geklärt: es waren die neun Welpen, die Napoleon ihren Müttern weggenommen und heimlich aufgezogen hatte. Obwohl sie noch nicht ganz ausgewachsen waren, waren sie doch schon mächtige Hunde und blickten so wild wie Wölfe drein. Sie hielten sich dicht bei Napoleon. Es fiel auf, daß sie vor ihm genau so mit dem Schwanz wedelten, wie es die anderen Hunde vor Mr. Jones getan hatten.

Napoleon bestieg jetzt, mit den Hunden im Gefolge, jenen erhöhten Teil des Fußbodens, von dem aus Major einst seine Rede an die Tiere gehalten hatte. Er verkündete, daß von nun ab Schluß sei mit den Sonntagvormittag-Treffen. Sie seien unnütz, sagte er, und schiere Zeitverschwendung. In Zukunft würden alle Fragen, die den Farmbetrieb anlangten, von einem Schweine-Sonderkomitee geregelt werden, dem er persönlich vorzusitzen gedenke. Sie würden geheim tagen und ihre Entschließungen anschließend den übrigen mitteilen. Die Tiere würden sich weiterhin Sonntag morgens zum Flaggengruß, zum Absingen von »Tiere Englands« und zur Entgegennahme ihrer Wochenbefehle versammeln; aber Debatten werde es nicht mehr geben.

Trotz des Schocks, den ihnen Schneeballs Vertreibung versetzt hatte, waren die Tiere über diese Ankündigung bestürzt. Etliche von ihnen würden protestiert haben, hätten sie die richtigen Argumente finden können. Sogar Boxer war irgendwie beunruhigt. Er legte die Ohren an, schüttelte mehrmals die Stirnlocke und bemühte sich heftig, seine Gedanken zu ordnen; doch zuguterletzt fiel ihm überhaupt nichts zu sagen ein. Unter den Schweinen selbst jedoch waren einige, die deutlicher wurden. Vier junge Mastferkel in der vordersten Reihe stießen schrille Mißbilligungsquieker aus, und alle vier sprangen auf und begannen gleichzeitig zu reden. Doch plötzlich ließen die Hunde, die sich um Napoleon geschart hatten, ein

tiefes, drohendes Knurren hören, und die Schweine verstummten und setzten sich wieder. Dann brachen die Schafe in ein gewaltiges Blöken von »Vierbeiner gut, Zweibeiner schlecht!« aus, das nahezu eine Viertelstunde andauerte und jeder Möglichkeit einer Diskussion ein Ende machte.

Nachher wurde Schwatzwutz auf der Farm herumgeschickt, um den anderen die neuen Einrichtungen zu erklären.

»Genossen«, sagte er, »ich hoffe doch zuversichtlich, daß jedes Tier hier das Opfer zu würdigen weiß, das Genosse Napoleon bringt, indem er sich diese Extraarbeit aufbürdet. Glaubt nicht, Genossen, daß Führerschaft ein Vergnügen ist! Im Gegenteil, sie bedeutet eine tiefe und schwere Verantwortung. Keiner glaubt unverbrüchlicher als Genosse Napoleon daran, daß alle Tiere gleich sind. Er ließe euch nur allzugerne eure eigenen Entscheidungen treffen. Doch manchmal könntet ihr die falschen Entscheidungen treffen, Genossen, und wo kämen wir da hin? Angenommen, ihr hättet beschlossen, Schneeball und seinem Windmühlen-Gefasel zu folgen? Schneeball, der, wie wir heute wissen, nichts anderes war als ein Verbrecher?

»In der Schlacht am Kuhstall hat er tapfer gekämpft«, sagte jemand.

»Tapferkeit ist nicht genug«, sagte Schwatzwutz. »Loyalität und Gehorsam sind wichtiger. Und was die Schlacht am Kuhstall betrifft, so wird, meine ich, die Zeit kommen, wo wir feststellen werden, daß Schneeballs Rolle dabei mächtig übertrieben wurde. Disziplin, Genossen, eiserne Disziplin! Das ist für heute die Parole. Ein falscher Schritt, und unsere Feinde würden über uns herfallen. Genossen, ihr wollt doch bestimmt nicht Jones wiederhaben?«

Abermals erwies sich dieses Argument als unschlagbar. Die Tiere wollten Jones sicherlich nicht wiederhaben; wenn das Abhalten von Debatten am Sonntagmorgen dazu angetan war, ihn zurückzubringen, dann mußten diese Debatten eben aufhören. Boxer, der inzwischen Zeit zum Überlegen gehabt hatte, verlieh dem allgemeinen Gefühl mit den Worten Ausdruck: »Wenn Genosse Napoleon es sagt, dann muß es richtig sein.« Und von da an machte er sich die Maxime zu eigen: »Napoleon hat immer recht«, ergänzend zu seinem persönlichen Motto: »Ich will und werde noch härter arbeiten.«

Mittlerweile war das Wetter umgeschlagen, und das Frühjahrspflügen hatte begonnen. Der Schuppen, in dem Schneeball seine Pläne für die Windmühle gezeichnet hatte, war zugesperrt worden, und man nahm an, daß die Pläne fortgewischt worden seien. Jeden Sonntagmorgen um zehn Uhr versammelten sich die Tiere in der großen Scheune, um die Weisungen für die kommende Woche entgegenzunehmen. Der Schädel Old Majors, der jetzt nur noch aus Knochen bestand, war aus dem Obstgarten ausgegraben und auf einem Strunk am Fuß des Fahnenmastes neben dem Gewehr postiert worden. Nach Hissen der Flagge waren die Tiere angehalten, in ehrerbietiger Weise an dem Schädel vorüberzuziehen, bevor sie die Scheune betraten. Sie saßen nun auch nicht mehr alle beieinander, so wie früher. Napoleon saß, nebst Schwatzwutz und einem anderen Schwein, namens Minimus, das ein bemerkenswertes Talent zum Verfassen von Liedern und Gedichten hatte, vorne auf der erhöhten Plattform, die neun Hunde bildeten einen Halbkreis um sie herum, und dahinter saßen die anderen Schweine. Die übrigen Tiere saßen ihnen im Hauptteil der Scheune gegenüber. Napoleon verlas die Weisungen für die kommende Woche in einem barschen Kasernenhofton, und nach einem einmaligen Absingen von ›Tiere Englands‹ zerstreuten sich alle Tiere.

Am dritten Sonntag nach Schneeballs Vertreibung vernahmen die Tiere einigermaßen überrascht Napoleons Ankündigung, daß die Windmühle nun doch gebaut werden sollte. Er führte keinerlei Gründe für seinen Gesinnungswandel an, sondern warnte die Tiere bloß eindringlich, daß diese Sonderaufgabe sehr harte Arbeit bedeuten würde; es könnte sogar nötig werden, die Rationen zu kürzen. Die Pläne indes seien bis ins letzte Detail vorbereitet. Ein Schweine-Sonderkomitee habe die vergangenen drei Wochen daran gearbeitet. Der Bau der Windmühle, nebst verschiedenen anderen Verbesserungen, werde mit zwei Jahren veranschlagt.

Am selben Abend erklärte Schwatzwutz den anderen Tieren im Vertrauen, daß Napoleon in

Wahrheit niemals gegen die Windmühle gewesen wäre. Im Gegenteil, er sei es, der sie von Anfang an befürwortet habe, und der Plan, den Schneeball auf den Fußboden der Brutanlage gezeichnet hätte, sei in Wahrheit aus Napoleons Papieren gestohlen worden. Die Windmühle sei tatsächlich Napoleons ureigene Schöpfung gewesen. Warum, fragte da jemand, habe er sich dann so heftig dagegen ausgesprochen? Hier schaute Schwatzwutz ganz verschmitzt drein. Das, sagte er, sei die Pfiffigkeit von Genosse Napoleon gewesen. Er habe sich der Windmühle *scheinbar* widersetzt, schlichtweg nur ein Manöver, um sich Schneeballs zu entledigen, der ein gefährlicher Charakter und schlechter Einfluß gewesen sei. Und nun, da Schneeball aus dem Weg geräumt sei, könne der Plan ohne seine Einmischung fortschreiten. Dies, sagte Schwatzwutz, sei etwas, das man Taktik nenne. Er wiederholte mehrmals: »Taktik, Genossen, Taktik!«, hopste dabei herum und wackelte mit einem fröhlichen Lachen mit dem Schwanz. Die Tiere waren sich nicht schlüssig, was das Wort bedeutete, aber Schwatzwutz sprach so überzeugend, und die drei Hunde, die ihn gerade zufällig begleiteten, knurrten so bedrohlich, daß sie seine Erklärung ohne weitere Fragen akzeptierten.

KAPITEL VI

Dieses ganze Jahr hindurch arbeiteten die Tiere wie Sklaven. Doch sie waren glücklich bei ihrer Arbeit; sie scheuten keine Mühen und Opfer, denn sie wußten genau, daß alles, was sie taten, zu ihrem eigenen Nutzen geschah und zu dem ihrer Artgenossen, die nach ihnen kommen würden, nicht aber zum Nutzen einer Bande arbeitsscheuer, diebischer Menschen.

Den Frühling und Sommer über arbeiteten sie sechzig Stunden in der Woche, und im August verkündete Napoleon, daß auch Sonntag nachmittags gearbeitet werden würde. Diese Arbeit war rein freiwillig, doch wurden jedem Tier, das ihr fernblieb, die Rationen auf die Hälfte gekürzt. Dennoch erwies es sich als unumgänglich, manche Arbeiten unverrichtet zu lassen. Die Ernte fiel ein bißchen weniger erfolgreich aus als im Vorjahr, und zwei Felder, auf denen im Frühsommer Rüben hätten angebaut werden sollen, blieben unbestellt, weil man mit dem Pflügen nicht rechtzeitig fertig geworden war. Es ließ sich voraussehen, daß der kommende Winter hart werden würde.

Die Windmühle bereitete unerwartete Schwierigkeiten. Es gab einen guten Kalksteinbruch auf der Farm, und in einem der Nebengebäude hatte man reichlich Sand und Zement gefunden, so daß alle Baumaterialien zur Hand waren. Doch das Problem, das die Tiere anfangs nicht lösen konnten, lautete, wie man die Steine in geeignet große Stücke brechen sollte. Dies schien nur mit Spitzhacken und Brecheisen möglich, die aber kein Tier zu gebrauchen vermochte, weil kein Tier auf den Hinterbeinen stehen konnte. Erst nach Wochen vergeblicher Mühe hatte jemand den richtigen Einfall – nämlich, sich der Schwerkraft zu bedienen. Der Grund des Steinbruchs lag mit mächtigen Blöcken übersät, die in ihrer jetzigen Form zu groß waren, um verwendet werden zu können. Um diese Blöcke schlangen die Tiere Seile und schleppten sie dann mit vereinten Kräften, Kühe, Pferde, Schafe, jedes Tier, das das Seil festhalten konnte – sogar die Schweine halfen manchmal in kritischen Augenblicken – mit schrecklicher Langsamkeit den Abhang und bis zum höchsten Punkt des Steinbruchs hinauf, wo die Blöcke über den Rand gekippt wurden, damit sie unten in Stücke zerschellten. Der Transport der zerbrochenen Steine gestaltete sich dann vergleichsweise einfach. Die Pferde zogen sie karrenweise davon, die Schafe zerrten einzelne Blöcke, und sogar Muriel und Benjamin spannten sich vor ein altes Gouvernantenwägelchen und taten das ihre. Bis zum Spätsommer hatte man einen hinreichenden Steinevorrat angehäuft, und dann begann, unter der Oberaufsicht der Schweine, der Bau.

Doch es war ein langsamer, mühseliger Prozeß. Oft bedurfte es der erschöpfenden Anstrengung eines ganzen Tages, um einen einzigen Block bis zum höchsten Punkt des Steinbruchs hinaufzuschleppen, und manchmal zerbrach er nicht, wenn er über den Rand gestoßen wurde. Ohne Boxer wäre es überhaupt nicht gegangen. Er schien so stark zu sein wie alle anderen Tiere zusammen. Wenn der Block ins Rutschen kam und die Tiere verzweifelt aufschrien, weil sie hügelabwärts geschleift wurden, da war es stets Boxer, der sich in das Seil stemmte und den Block zum Stillstand brachte. Ihm zuzusehen, wie er sich Zoll für Zoll den Abhang hochplagte, mit jagendem Atem, die Spitzen der Hufe in den Boden gekrallt und die mächtigen Flanken von Schweiß bedeckt, flößte jedem Bewunderung ein. Manchmal warnte ihn Kleeblatt davor, sich nicht zu überanstrengen, doch Boxer wollte nichts davon hören. Seine beiden Devisen: »Ich werde noch härter arbeiten« und »Napoleon hat immer recht«, schienen ihm eine hinlängliche Antwort auf alle Probleme zu sein. Er hatte mit dem Junghahn vereinbart, daß dieser ihn morgens nun eine Dreiviertelstunde früher wachkrähen sollte, statt wie bisher nur eine halbe. Und in seinen freien Augenblicken, deren es jetzt nicht viele gab, pflegte er allein zum Steinbruch zu gehen, eine Fuhre Bruchsteine zu sammeln und sie ohne jede Unterstützung zur Baustelle der Windmühle zu karren.

Trotz der harten Arbeit ging es den Tieren in diesem Sommer nicht schlecht. Wenn sie auch nicht mehr Futter hatten als zu Jones Zeiten, so hatten sie doch zumindest auch nicht weniger. Der Vorteil, nur für sich selbst sorgen zu müssen und nicht obendrein noch für fünf verschwenderische Menschen, war so groß, daß es einer Menge von Fehlschlägen bedurft hätte, um ihn aufzuwiegen. Und in vielerlei Hinsicht war die Methode der Tiere, an Dinge heranzugehen, effektiver und sparte Arbeit. Solche Aufgaben wie das Unkrautjäten, zum Beispiel, konnten mit einer für Menschen unmöglichen Gründlichkeit erledigt werden. Und da jetzt auch kein Tier etwas stahl, war es gleichfalls unnötig, Weide und urbares Land voneinander abzuzäunen, womit man sich eine Menge Instandhaltungsarbeiten an Hecken und Toren ersparte. Nichtsdestoweniger machten sich mit dem Fortschreiten des Sommers verschiedentliche, unvorhergesehene Verknappungen bemerkbar. Man brauchte Paraffinöl, Nägel, Schnur, Hundekuchen und Eisen zum Beschlagen der Pferdehufe, lauter Dinge, die nicht auf der Farm produziert werden konnten. Später würde man auch Saatgut und Kunstdünger brauchen, überdies verschiedene Werkzeuge und endlich die Maschinerie für die Windmühle. Wie all dies beschafft werden sollte, vermochte sich keiner vorzustellen.

Eines Sonntagmorgens, als die Tiere zur Befehlsentgegennahme versammelt waren, verkündete Napoleon, daß er sich nunmehr zu einer neuen Politik entschlossen habe. Von jetzt an würde die Farm der Tiere in Handelsbeziehungen zu den Nachbarfarmen treten: natürlich nicht aus kommerziellen Bestrebungen heraus, sondern schlicht, um bestimmte Materialien zu beschaffen, die benötigt wurden. Die Erfordernisse der Windmühle müßten vor allem anderen Vorrang haben, sagte

er. Er träfe deswegen Anstalten, einen Schober
Heu und einen Teil der diesjährigen Weizenernte
zu verkaufen, und würde später noch mehr Geld
gebraucht werden, so müsse dies durch den Verkauf von Eiern aufgebracht werden, für die in
Willingdon immer ein Markt bestünde. Die Hennen, sagte Napoleon, sollten dieses Opfer als ihren
besonderen Beitrag zum Bau der Windmühle
begrüßen.

Abermals verspürten die Tiere ein leises Unbe-
hagen. Niemals etwas mit Menschen zu tun zu
haben, niemals Handel zu treiben, niemals Geld zu
gebrauchen – hatte dies nicht mit zu den frühesten
Resolutionen gehört, die man bei jenem ersten
glorreichen Treffen faßte, nachdem Jones vertrieben worden war? Alle Tiere erinnerten sich, derartige Resolutionen gefaßt zu haben: oder zumindest glaubten sie sich daran zu erinnern. Die vier
jungen Schweine, die protestiert hatten, als Napoleon die Treffen abschaffte, erhoben zaghaft ihre
Stimmen, doch ein furchtbares Knurren der
Hunde ließ sie sogleich wieder verstummen. Dann
blökten die Schafe wie üblich ihr »Vierbeiner gut,
Zweibeiner schlecht!«, und die kurze Peinlichkeit
wurde bemäntelt. Schließlich hob Napoleon ruhe-
gebietend die Haxe und verkündete, er habe be-

reits alle nötigen Anstalten getroffen. Keins der Tiere würde mit Menschen in Berührung kommen müssen, was eindeutig höchst unerwünscht sei. Er beabsichtige, die ganze Last auf seine eigenen Schultern zu nehmen. Ein gewisser Mr. Whymper, ein in Willingdon ansässiger Rechtsanwalt, habe eingewilligt, als Vermittler zwischen der Farm der Tiere und der Außenwelt zu agieren, und würde jeden Montagmorgen die Farm besuchen, um seine Instruktionen zu empfangen. Napoleon schloß seine Rede mit dem üblichen Ruf »Lang lebe die Farm der Tiere!«, und nach dem Absingen von ›Tiere Englands‹ waren die Tiere entlassen.

Nachher drehte Schwatzwutz eine Runde durch die Farm und beschwichtigte die Gemüter. Er versicherte ihnen, daß die Resolution gegen Handel und gegen den Gebrauch von Geld niemals gefaßt, ja nicht einmal eingebracht worden war. Es sei die pure Einbildung und wahrscheinlich von allem Anfang an auf Lügen zurückzuführen, die Schneeball in Umlauf gesetzt habe. Einige wenige Tiere hegten noch immer leise Zweifel, doch Schwatzwutz fragte sie listig: »Seid ihr auch sicher, Genossen, daß ihr das nicht bloß geträumt habt? Habt ihr irgendeinen Beweis für eine derartige Resolution?

Steht sie irgendwo geschrieben?« Und da es zweifelsfrei der Wahrheit entsprach, daß nichts dergleichen schriftlich aufgezeichnet stand, waren die Tiere überzeugt, daß sie sich geirrt hatten.

Jeden Montag besuchte Mr. Whymper, wie vereinbart, die Farm. Er war ein verschlagen aussehender kleiner Mann mit einem Backenbart, ein Schmalspuradvokat, doch gerissen genug, um vor allen anderen begriffen zu haben, daß die Farm der Tiere einen Makler brauchen würde und die Provisionen lohnend wären. Die Tiere verfolgten sein Kommen und Gehen mit unbestimmter Furcht, und sie gingen ihm so viel als möglich aus dem Weg. Nichtsdestoweniger schwoll ihnen die Brust beim Anblick, wie Napoleon auf allen vieren Whymper, der auf zwei Beinen stand, Anordnungen erteilte, und dies söhnte sie zum Teil

mit der neuen Einrichtung aus. Ihre Beziehungen zur menschlichen Rasse waren nun nicht mehr ganz die alten. Die Menschen haßten die Farm der Tiere jetzt, wo sie prosperierte, nicht weniger; eigentlich haßten sie sie mehr denn je. Jedem Menschen galt es als Glaubensartikel, daß die Farm früher oder später bankrott gehen und sich insbesondere die Windmühle als Fehlschlag erweisen werde. Sie setzten sich in den Wirtshäusern zusammen und bewiesen einander mit Hilfe von Diagrammen, daß die Windmühle ganz einfach einstürzen mußte oder daß sie, falls sie doch stehenblieb, nie und nimmer funktionieren werde. Und doch hatte sich in ihnen, gegen ihren Willen, ein gewisser Respekt vor der Tüchtigkeit entwickelt, mit der die Tiere ihre Angelegenheiten selbst regelten. Ein Symptom dafür war, daß sie begonnen hatten, die Farm der Tiere bei ihrem richtigen Namen zu nennen und nicht mehr so taten, als hieße sie noch immer die »Herren-Farm«. Sie hatten auch ihre Unterstützung für Jones fallengelassen, der die Hoffnung, seine Farm zurückzubekommen, aufgegeben hatte und in einen anderen Landesteil gezogen war. Außer durch Whymper gab es bisher keinen Kontakt zwischen der Farm der Tiere und der Umwelt, doch es hielten sich beständige Gerüchte, Napoleon stehe im Begriff, entweder mit Mr. Pilkington von Fuchswald oder aber mit Mr. Frederick von Knickerfeld ein endgültiges Geschäftsabkommen einzugehen – doch niemals, wie man feststellte, mit beiden gleichzeitig.

Ungefähr um diese Zeit geschah es, daß die Schweine plötzlich ins Farmhaus umzogen und dort ihre Residenz aufschlugen. Abermals glaubten sich die Tiere daran zu erinnern, daß in den Anfangstagen eine Resolution dagegen gefaßt worden war, und abermals gelang es Schwatzwutz, sie davon zu überzeugen, daß das nicht stimmte. Es sei absolut nötig, sagte er, daß die Schweine, die ja das Gehirn der Farm wären, einen ruhigen Arbeitsplatz hätten. Es stünde auch besser der Würde des Führers an (denn in letzter Zeit hatte er begonnen, Napoleon als ›Führer‹ zu titulieren), in einem Haus zu wohnen, statt in einem bloßen Koben. Dennoch waren einige der Tiere verwirrt, als sie hörten, daß die Schweine nicht nur ihre Mahlzeiten in der Küche einnahmen und das Wohnzimmer als Freizeitraum benutzten, sondern auch in den Betten schliefen. Boxer tat es wie üblich ab mit seinem »Napoleon hat immer recht«, doch Kleeblatt, die sich an einen ausdrücklichen Erlaß gegen Betten zu erinnern glaubte, lief zum

Ende der Scheune und versuchte, die Sieben Gebote zu enträtseln, die dort angeschrieben standen. Als sie merkte, daß sie nur einzelne Buchstaben lesen konnte, holte sie Muriel zu Hilfe.

»Muriel«, sagte sie, »lies mir einmal das Vierte Gebot vor. Steht da nicht irgend etwas davon, daß man niemals in einem Bett schlafen soll?«

Muriel buchstabierte es mit einiger Mühe vor sich hin.

»Da steht: ›Kein Tier soll in einem Bett schlafen *mit Leintüchern*‹«, verkündete sie schließlich.

Kleeblatt hatte sich sonderbarerweise nicht daran erinnert, daß im Vierten Gebot von Leintüchern die Rede war. Und Schwatzwutz, der gerade wie von ungefähr, in Begleitung von zwei oder drei Hunden, vorbeikam, konnte die ganze Sache ins rechte Licht rücken.

»Ihr habt also schon gehört, Genossen«, sagte er, »daß wir Schweine jetzt in den Betten im Farmhaus schlafen? Und warum auch nicht? Ihr habt doch nicht etwa angenommen, daß es jemals einen Erlaß gegen *Betten* gegeben hat? Ein Bett bedeutet lediglich einen Schlafplatz. Ein Strohhaufen im Stall ist, richtig besehen, ein Bett. Der Erlaß richtete sich gegen *Leintücher,* die ja eine Erfindung des Menschen sind. Wir haben die Leintücher von den

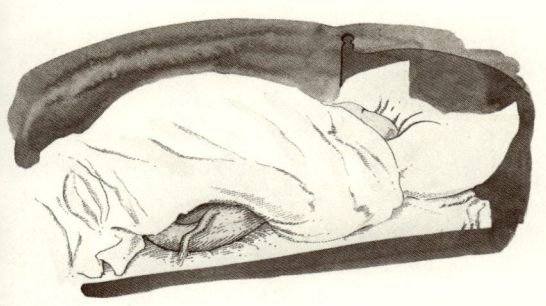

Betten im Farmhaus entfernt und schlafen zwischen Decken. Und es sind äußerst bequeme Betten! Aber auch nicht bequemer, als es für uns nötig ist, das laßt euch gesagt sein, Genossen, in Anbetracht all der geistigen Arbeit, die wir derzeit leisten müssen. Ihr wollt uns doch nicht unserer Ruhe berauben, oder, Genossen? Ihr wollt doch nicht, daß wir zu müde sind, um unseren Pflichten nachzukommen? Es wünscht sich doch bestimmt keiner von euch Jones zurück?«

Die Tiere versicherten ihn in diesem Punkt sogleich, und davon, daß die Schweine in den Betten im Farmhaus schliefen, war keine Rede mehr. Und als einige Tage später verkündet wurde, daß die Schweine von nun an eine Stunde später aufstehen würden als die anderen Tiere, da gab es auch darüber keine Beschwerden.

Im Herbst waren die Tiere wohl müde aber glücklich. Hinter ihnen lag ein hartes Jahr, und nach dem Verkauf eines Teils des Heus und Korns waren die Futtervorräte für den Winter nicht allzu reichlich, doch die Windmühle entschädigte sie für alles. Sie war jetzt fast halbfertig. Auf die Ernte folgte eine trockene Schönwetterperiode, und die Tiere schufteten härter denn je, weil sie es der Mühe wert fanden, sich den lieben langen Tag mit dem Schleppen der Steinblöcke abzuplacken, wenn sie dadurch die Mauern noch einen Fuß hochziehen konnten. Boxer kam sogar nachts heraus, um eine oder zwei Stunden allein im Licht des herbstlichen Vollmonds zu arbeiten. In ihrer freien Zeit gingen die Tiere rings um den halbfertigen Bau herum und bewunderten die Stärke und Senkrechtheit der Mauern und staunten darüber, daß sie es tatsächlich geschafft haben sollten, etwas so Imposantes zu bauen. Nur der alte Benjamin mochte sich für die Windmühle nicht begeistern, wenngleich er, wie üblich, nichts weiter als die rätselhafte Bemerkung von sich gab, daß Esel ein langes Leben hätten.

Der November kündigte sich mit tobenden Südwestwinden an. Die Bauarbeiten mußten eingestellt werden, weil es zum Anmischen des Zements jetzt zu naß war. Schließlich kam eine Nacht, in der der Sturm so heftig wütete, daß die Farmgebäude in ihren Fundamenten schwankten und etliche Schindeln vom Dach der Scheune herabgeblasen wurden. Die Hühner erwachten kreischend vor Entsetzen, denn sie hatten alle gleichzeitig geträumt, daß sie in der Ferne ein Gewehr hätten losgehen hören. Am Morgen kamen die Tiere aus ihren Ställen und mußten feststellen, daß der Fahnenmast umgeweht und eine Ulme am Fuß des Obstgartens wie ein Rettich ausgerissen worden war. Kaum hatten sie dies bemerkt, da entrang sich jeder Tierkehle ein Schrei der Verzweiflung. Ein entsetzlicher Anblick bot sich ihren Augen. Die Windmühle lag in Trümmern.

Einhellig stürzten sie zur Unglücksstätte. Napoleon, der sonst nur selten aus dem Schrittempo herausfand, raste allen voran. Ja, da lag sie, die Frucht all ihrer Mühen, dem Erdboden gleichgemacht, die Steine, die sie so mühselig gebrochen und herangeschleppt hatten, ringsum verstreut. Zuerst versagten ihnen die Worte, und sie standen da und starrten traurig auf das Durcheinander von zerschlagenen Steinen. Napoleon lief schweigend auf und ab und beschnüffelte hin und wieder den

Boden. Sein Ringelschwanz hatte sich versteift und peitschte heftig hin und her, ein Zeichen intensiven Nachdenkens bei ihm. Plötzlich blieb er stehen, so als sei er zu einem Schluß gelangt.

»Genossen«, sagte er ruhig, »wißt ihr, wer hierfür verantwortlich ist? Kennt ihr den Feind, der bei Nacht eingedrungen ist und unsere Windmühle zerstört hat? SCHNEEBALL!« brüllte er plötzlich mit Donnerstimme. »Schneeball hat dies getan! Aus purer Bosheit, um uns in unserem Vorhaben zu hindern, und um sich für seine schmähliche Vertreibung zu rächen, deswegen hat sich dieser Verräter im Schutze der Nacht hierhergeschlichen und das Werk von fast einem Jahr zerstört. Genossen, ich verhänge an Ort und Stelle das Todesurteil über Schneeball. Den ›Tierheld zweiter Klasse‹ und einen halben Scheffel Äpfel jedem, der ihm den Prozeß macht. Und einen ganzen Scheffel jedem, der ihn lebend fängt!«

Es schockierte die Tiere über alle Maßen, erfahren zu müssen, daß gerade Schneeball einer solchen Tat fähig sein konnte. Es gab einen Aufschrei der Empörung, und jeder begann auf Möglichkeiten zu sinnen, wie man Schneeballs habhaft werden könne, sollte er jemals zurückkommen. Unmittelbar darauf entdeckte man, unweit des Hügels, im

Gras die Fußspuren eines Schweins. Sie ließen sich nur wenige Meter weit verfolgen, schienen aber zu einem Loch in der Hecke zu führen. Napoleon beschnüffelte sie ausgiebig und erklärte sie dann zu Schneeballs Spuren. Er vertrat die Ansicht, daß Schneeball wahrscheinlich aus der Richtung der Fuchswaldfarm gekommen war.

»Keine Verzögerung mehr, Genossen!« sagte Napoleon, nachdem die Fußspuren untersucht worden waren. »Es gibt Arbeit. Noch diesen Morgen beginnen wir mit dem Wiederaufbau der Windmühle, und wir werden den ganzen Winter hindurch daran bauen, bei Regen und Sonne. Wir werden diesen elenden Verräter lehren, daß er unser Werk nicht so leicht zunichte machen kann. Vergeßt nicht, Genossen, unsere Pläne dürfen keine Änderung erfahren; sie sollen auf den Tag pünktlich ausgeführt sein. Vorwärts, Genossen! Lang lebe die Windmühle! Lang lebe die Farm der Tiere!«

KAPITEL VII

Es war ein harter Winter. Dem stürmischen Wetter folgten Graupel und Schnee, und dann ein bitterer Frost, der erst spät im Februar brach. Die Tiere arbeiteten nach besten Kräften am Wiederaufbau der Windmühle, denn sie wußten sehr wohl daß die Umwelt sie beobachtete und daß die neidischen Menschen jubilieren und triumphieren würden, wenn die Mühle nicht zur Zeit fertig wäre.

Aus Gehässigkeit behaupteten die Menschen, nicht daran zu glauben, daß es Schneeball gewesen sei, der die Windmühle zerstört habe: sie sagten, sie sei eingestürzt, weil die Mauern zu dünn gewesen wären. Die Tiere wußten, daß das nicht stimmte. Dennoch hatte man beschlossen, die Mauern statt der früheren achtzehn Zoll diesmal drei Fuß dick zu bauen, und dies bedeutete, daß noch weit größere Mengen von Steinen herangeschafft werden mußten. Lange Zeit lag der Steinbruch unter Schneewehen, und es ließ sich nichts unternehmen. Während des folgenden trocken-frostigen

Wetters ging es etwas voran, doch die Arbeit war grausam, und die Tiere waren nicht mehr so hoffnungsvoll wie vordem. Nur Boxer und Kleeblatt ließen den Mut nie sinken. Schwatzwutz hielt exzellente Reden über die Freude des Dienens und die Würde der Arbeit, doch die anderen Tiere erfuhren mehr Ermutigung durch Boxers Kraft und seinen nie verzagenden Ruf: »Ich will und werde noch härter arbeiten!«

Im Januar wurde das Futter knapp. Die Körnerration wurde drastisch gekürzt, und man kündigte an, daß zum Ausgleich dafür eine Extraration Kartoffeln ausgegeben werden würde. Dann entdeckte man, daß der größte Teil der Kartoffelernte in den Mieten erfroren war, die man nicht dick genug abgedeckt hatte. Die Kartoffeln waren weich und fleckig geworden, und nur wenige blieben noch genießbar. Die Tiere hatten manchmal tagelang nichts anderes zu essen als Häcksel und Rüben. Sie schienen dem Hungertod preisgegeben.

Es war lebenswichtig, diese Tatsache vor der Umwelt zu verbergen. Durch den Einsturz der Windmühle erkeckt, ersannen die Menschen neue Lügen über die Farm der Tiere. Abermals wurde ausgestreut, daß die Tiere an Hunger und Krankheit zugrunde gingen, daß es beständig Kämpfe unter ihnen gebe und daß sie ihre Zuflucht bereits zu Kannibalismus und Kindesmord genommen hätten. Napoleon war sich der schlimmen Folgen wohl bewußt, die es zeitigen mochte, würde der wahre Sachverhalt der Ernährungslage bekannt, und er beschloß, vermittels Mr. Whympers einen gegenteiligen Eindruck zu erwecken. Bislang waren die Tiere mit Mr. Whymper bei dessen allwöchentlichen Besuchen kaum oder gar nicht in Kontakt gekommen: jetzt jedoch instruierte man einige ausgewählte Tiere, zumeist Schafe, in seiner Gegenwart beiläufig fallenzulassen, daß die Rationen heraufgesetzt worden seien. Zusätzlich ordnete Napoleon an, die beinahe leeren Kästen in der Futterkammer bis an den Rand mit Sand zu füllen, der dann mit den Korn- und Schrotmehlresten zugeschüttet wurde. Unter einem geeigneten Vorwand wurde Whymper durch den Vorratsschuppen geführt und durfte auch einen flüchtigen Blick auf die Kästen werfen. Er ließ sich täuschen und berichtete der Umwelt, daß auf der Farm der Tiere keine Futterknappheit herrsche.

Nichtsdestotrotz stellte sich Ende Januar heraus, daß es nötig sein würde, von irgendwoher noch Korn zu beschaffen. In diesen Tagen erschien Napoleon nur selten in der Öffentlichkeit, sondern brachte die ganze Zeit im Farmhaus zu, das an allen Türen von grimmigschauenden Hunden bewacht wurde. Verließ er es doch einmal, so vollzog sich dies auf zeremonielle Art mit einer Eskorte von sechs Hunden, die ihn dicht umringten und jeden anknurrten, der zu nahe kam. Häufig erschien er nicht einmal Sonntagmorgens, sondern ließ seine Weisungen durch eins der anderen Schweine erteilen, für gewöhnlich durch Schwatzwutz.

Eines Sonntagmorgens verkündete Schwatzwutz, daß die Hennen, die eben wieder ans Legen gegangen waren, ihre Eier abliefern müßten. Napoleon sei, durch Whympers Vermittlung, einen Vertrag über die Lieferung von vierhundert Eiern pro Woche eingegangen. Von dem Erlös ließe sich genug Korn und Schrotmehl kaufen, um die Farm in Gang zu halten, bis der Sommer käme und die Lebensbedingungen leichter wären.

Als die Hennen dies hörten, erhoben sie ein fürchterliches Geschrei. Es war ihnen zwar schon früher angekündigt worden, daß dieses Opfer nötig werden könnte, aber nie hatten sie geglaubt, daß es wirklich dazu kommen würde. Sie richteten gerade ihre Nester für die Frühlingsbrut her, und sie protestierten, daß es Mord sei, ihnen die Eier jetzt wegzunehmen. Zum erstenmal seit Jones Vertreibung kam es zu so etwas wie einer Rebellion. Angeführt von drei schwarzen Minorca-Junghennen, unternahmen die Hühner einen entschlossenen Versuch, Napoleons Wünsche zu durchzukreuzen. Ihre Methode bestand darin, hoch ins Sparrenwerk zu flattern und dort ihre Eier zu legen, die dann auf dem Boden zerschellten. Napoleon handelte rasch und rücksichtslos. Er sperrte den Hühnern die Rationen und verkündete, daß jedes Tier, das einem Huhn auch nur ein Korn gebe, mit dem Tode bestraft werden sollte. Die Hunde sorgten dafür, daß diese Befehle ausgeführt wurden. Fünf Tage hielten die Hühner aus, dann kapitulierten sie und kehrten an ihre Nestplätze zurück. Neun Hühner waren in der Zwischenzeit gestorben. Ihre Leichen wurden im Obstgarten begraben, und es wurde bekanntgemacht, sie seien an Kokzidiose gestorben. Whymper erfuhr von dieser Angelegenheit kein Wort, und die Eier wurden pünktlich dem Lieferwagen eines Kolonialwarenhändlers übergeben, der einmal in der Woche auf die Farm gefahren kam, um sie abzuholen.

Während dieser ganzen Zeit hatte von Schneeball jede Spur gefehlt. Er sollte sich gerüchteweise auf einer der Nachbarfarmen versteckt halten, entweder auf Fuchswald oder auf Knickerfeld. Napoleon stand unterdessen mit den anderen Farmern auf leidlich besserem Fuß als vorher. Zufällig lagerte im Hof ein Stapel Bauholz, das dort schon vor zehn Jahren aufgeschichtet worden war, als man ein Buchengehölz gelichtet hatte. Es war gut abgelagert, und Whymper hatte Napoleon zum Verkauf geraten; sowohl Mr. Pilkington wie Mr. Frederick brannten darauf, es zu kaufen. Napoleon schwankte zwischen den beiden und konnte sich nicht recht entschließen. Man bemerkte, daß es immer dann, wenn er im Begriff zu stehen schien, sich mit Frederick handelseinig zu werden, hieß, Schneeball verstecke sich auf Fuchswald, während, wenn er mehr Mr. Pilkington zuneigte, behauptet wurde, Schneeball sei auf Knickerfeld.

Zu Frühlingsbeginn machte man plötzlich eine

alarmierende Entdeckung. Schneeball suchte nachts heimlich die Farm auf! Die Tiere waren so beunruhigt, daß sie in ihren Ställen kaum noch Schlaf fanden. Jede Nacht, so hieß es, schleiche er sich im Schutze der Dunkelheit herein und verübe alle möglichen Missetaten. Er stahl das Korn, er stieß die Milchkübel um, er zerbrach die Eier, er zertrampelte die Saatbeete, er knabberte die Rinde der Obstbäume ab. Immer wenn irgendetwas schiefging, wurde dies in der Regel Schneeball zugeschrieben. War ein Fenster zerbrochen oder ein Abfluss verstopft, durfte man sicher sein, daß irgendjemand erklärte, Schneeball sei bei der Nacht gekommen und habe es getan, und als der Schlüssel zur Futterkammer verloren ging, da war die ganze Farm überzeugt davon, daß Schneeball ihn in den Brunnen geworfen hatte. Merkwürdigerweise hielten sie auch dann noch an dieser Überzeugung fest, als sich der verlegte Schlüssel unter einem Sack mit Schrotmehl fand. Die Kühe erklärten einstimmig, Schneeball schleiche sich nächtens in ihre Ställe und melke sie im Schlaf. Von den Ratten, die in diesem Winter eine rechte Plage gewesen waren, wurde ebenfalls behauptet, sie steckten mit Schneeball unter einer Decke.

Napoleon ordnete eine umfassende Untersu-

chung der Aktivitäten Schneeballs an. In Begleitung seiner Hunde brach er zu einem sorgfältigen
Inspektionsrundgang durch die Farmgebäude auf,
und die anderen Tiere folgten ihm in respektvol-
lem Abstand. Alle paar Schritte blieb Napoleon
stehen und schnüffelte auf dem Boden nach
Schneeballs Spuren, die er, wie er sagte, am Geruch
erkennen könne. Er schnüffelte an allen Ecken und
Enden, in der Scheune, im Kuhstall, in den Hüh-
nerhäusern, im Gemüsegarten, und fand bald
überall Spuren von Schneeball. Er senkte dann
immer den Rüssel auf den Boden, schnuffte mehrmals kräftig und rief mit fürchterlicher Stimme:
»Schneeball! Er ist hiergewesen! Ich kann ihn ganz
deutlich wittern!«, und bei dem Wort ›Schneeball‹
ließen alle Hunde ein haarsträubendes Knurren
hören und bleckten die Reißzähne.

Die Tiere waren gründlich erschrocken. Es
schien ihnen, als wäre Schneeball eine Art unsicht-
bare Macht, die die Luft um sie herum durch-
drang und sie mit allen möglichen Gefahren
bedrohte. Am Abend rief Schwatzwutz sie zusammen und sagte ihnen mit besorgter Miene, daß er
ihnen überaus ernste Neuigkeiten mitzuteilen
habe.

»Genossen!« rief Schwatzwutz und hopste ner-

vös hin und her, »es ist etwas ganz Entsetzliches
entdeckt worden. Schneeball hat sich an Frederick
von der Knickerfeld-Farm verkauft, der eben jetzt
Ränke schmiedet, uns anzugreifen und uns unsere
Farm wegzunehmen! Schneeball soll ihm als Führer dienen, wenn der Angriff beginnt. Doch es
kommt noch schlimmer. Wir hatten geglaubt,
Schneeballs Rebellion sei durch seine Eitelkeit und
seinen Ehrgeiz ausgelöst worden. Aber wir haben
uns geirrt, Genossen. Wißt ihr, was der wahre
Grund dafür war? Schneeball war von Anfang an
mit Jones im Bunde! Er war die ganze Zeit über
Jones' Geheimagent. Das alles ist durch Dokumente bewiesen, die er zurückließ und die wir
gerade erst jetzt entdeckt haben. Meiner Ansicht
nach, Genossen, erklärt das eine ganze Menge.
Haben wir denn nicht selber gesehen, wie er – zum
Glück erfolglos – versuchte, uns bei der Schlacht
am Kuhstall eine Niederlage und die Vernichtung
zu bereiten?«

Die Tiere waren wie vor den Kopf gestoßen.
Dies war ja eine Heimtücke Schneeballs, die die
Zerstörung der Windmühle noch bei weitem
übertraf. Aber es dauerte ein paar Minuten, bevor
sie es ganz fassen konnten. Sie erinnerten sich alle,
oder glaubten sich zu erinnern, wie sie Schneeball

bei der Schlacht am Kuhstall hatten voranstürmen sehen, wie er sie dauernd um sich geschart und ihnen Mut gemacht hatte und wie er selbst da nicht einen Moment gezaudert hatte, als ihn die Schrotkugeln aus Jones' Flinte am Rücken verwundeten. Es war zunächst doch ein bißchen schwer einzusehen, wie dies dazu paßte, daß er mit Jones im Bunde war. Sogar Boxer, der selten Fragen stellte, war verwirrt. Er legte sich nieder, klappte die Vorderhufe ein, machte die Augen zu und schaffte es mit großer Mühe, seine Gedanken zu formulieren.

»Das glaube ich nicht«, sagte er. »Schneeball hat in der Schlacht am Kuhstall tapfer gekämpft. Ich habe es mit eigenen Augen gesehen. Haben wir ihm denn nicht gleich hinterher den ›Tierheld erster Klasse‹ verliehen?«

»Das war unser Fehler, Genosse. Denn jetzt wissen wir – es steht alles in den Geheimdokumenten, die wir gefunden haben – daß er in Wahrheit versuchte, uns ins Verderben zu locken.«

»Aber er wurde doch verwundet«, sagte Boxer. »Wir alle haben gesehen, wie schlimm er geblutet hat.«

»Das gehörte mit zu dem Komplott!« schrie Schwatzwutz. »Jones gab nur einen Streifschuß auf ihn ab. Ich könnte euch das alles in seiner eigenen Handschrift vorlegen, wenn ihr es nur lesen könntet. Der Plan sah für Schneeball vor, daß er im kritischen Augenblick das Signal zur Flucht geben und das Feld dem Feind überlassen sollte. Und das wäre ihm auch um ein Haar geglückt – ich wage sogar zu behaupten, Genossen, es *wäre* ihm geglückt, wenn unser heldenhafter Führer, Genosse Napoleon, nicht zur Stelle gewesen wäre. Erinnert ihr euch nicht, wie Schneeball, just als Jones und seine Leute in den Hof eingedrungen waren, plötzlich kehrt machte und floh, und viele Tiere ihm folgten? Und erinnert ihr euch nicht auch, daß just in diesem Moment, da sich Panik verbreitete und alles verloren schien, Genosse Napoleon mit dem Ruf ›Tod der Menschheit‹ vorpreschte und seine Zähne in Jones' Bein schlug? *Daran* müßt ihr euch doch erinnern, Genossen, oder?« rief Schwatzwutz und hüpfte auf und ab.

Nun, da Schwatzwutz das Geschehen so anschaulich schilderte, schien es den Tieren, als erinnerten sie sich daran. Jedenfalls erinnerten sie sich daran, daß Schneeball im kritischen Augenblick der Schlacht kehrt gemacht hatte und geflohen war. Doch Boxer fühlte sich noch immer ein wenig unbehaglich dabei.

»Ich glaube nicht, daß Schneeball von Anfang an ein Verräter war«, sagte er schließlich. »Was er seither getan hat, das steht auf einem anderen Blatt. Doch ich glaube, daß er uns in der Schlacht am Kuhstall ein guter Genosse gewesen ist.«

»Unser Führer, Genosse Napoleon«, verkündete Schwatzwutz und sprach dabei sehr langsam und bestimmt, »hat kategorisch festgestellt – kategorisch, Genosse –, daß Schneeball von allem Anfang an ein Agent von Jones gewesen ist – jawohl, und schon lange bevor man überhaupt an Rebellion gedacht hatte.«

»Oh, das ist etwas anderes!« sagte Boxer. »Wenn Genosse Napoleon es sagt, dann muß es stimmen.«

»Das ist die rechte Gesinnung, Genosse!« rief Schwatzwutz, doch es blieb nicht unbemerkt, daß er mit seinen Zwinkeräuglein Boxer einen sehr häßlichen Blick zuwarf. Er wandte sich zum Gehen, hielt dann aber doch noch einmal inne und fügte ergreifend hinzu: »Ich ermahne jedes Tier auf dieser Farm dazu, die Augen weit offen zu halten. Denn wir haben allen Grund zu der Annahme, daß einige von Schneeballs Geheimagenten in diesem Augenblick in unserer Mitte lauern!«

Vier Tage danach ließ Napoleon alle Tiere am späten Nachmittag zusammenkommen. Als sie

alle versammelt waren, trat Napoleon aus dem
Farmhaus; er trug seine beiden Orden (denn er
hatte sich kürzlich den ›Tierheld erster Klasse‹ und
den ›Tierheld zweiter Klasse‹ verliehen), und seine
neun riesigen Hunde umsprangen ihn und gaben
ein Knurren von sich, das allen Tieren eine Gänse-
haut über den Rücken jagte. Sie kauerten alle
stumm auf ihren Plätzen und schienen zu ahnen,
daß etwas Schreckliches bevorstand.

Napoleon musterte seine Zuhörer streng; dann
stieß er ein hohes Quieken aus. Augenblicklich
sprangen die Hunde vor, packten vier von den
Schweinen bei den Ohren und schleiften sie, die
vor Schmerz und Entsetzen quiekten, Napoleon
vor die Füße. Die Ohren der Schweine bluteten,
die Hunde hatten Blut geleckt und sekundenlang
schienen sie wie von Sinnen. Zu jedermanns Erstaunen stürzten sich drei von ihnen auf Boxer.
Boxer sah sie kommen, streckte den mächtigen
Huf aus, erwischte einen Hund in der Luft und
nagelte ihn auf dem Boden fest. Der Hund winselte
um Gnade, und die beiden anderen nahmen mit
eingekniffenen Schwänzen Reißaus. Boxer blickte
zu Napoleon, um zu erfahren, ob er den Hund
zerschmettern oder laufenlassen sollte. Napoleon
schien die Farbe zu wechseln und befahl Boxer

scharf, den Hund laufenzulassen, worauf Boxer den Huf hob und der Hund zerschunden und jaulend von dannen schlich.

Der Tumult erstarb augenblicklich. Die vier Schweine warteten zitternd und mit schuldbewußten Mienen. Napoleon forderte sie jetzt auf, ihre Verbrechen zu gestehen. Es waren diesselben vier Schweine, die protestiert hatten, als Napoleon die Sonntags-Treffen abschaffte. Ohne weiteres Drängen gestanden sie, daß sie mit Schneeball, seit seiner Verjagung, heimlich in Verbindung gewesen waren, daß sie bei der Zerstörung der Windmühle mit ihm kollaboriert und die Abmachung getroffen hatten, die Farm der Tiere Mr. Frederick in die Hände zu spielen. Sie fügten hinzu, Schneeball hätte ihnen gegenüber zugegeben, seit langen Jahren Mr. Jones Geheimagent gewesen zu sein. Als sie ihr Geständnis abgelegt hatten, zerfleischten ihnen die Hunde augenblicklich die Kehlen, und mit fürchterlicher Stimme verlangte Napoleon zu wissen, ob nicht noch ein Tier etwas zu beichten habe.

Die drei Hennen, die die Rädelsführerinnen bei der versuchten Rebellion gegen die Eierlieferungen gewesen waren, meldeten sich jetzt und sagten aus, daß Schneeball ihnen im Traum erschienen

war und sie dazu aufgewiegelt hatte, Napoleons Befehle zu mißachten. Auch sie wurden hingemetzelt. Dann meldete sich eine Gans und gestand, während der letztjährigen Ernte sechs Kornähren unterschlagen und nachts aufgefressen zu haben. Dann gestand ein Schaf, sein Wasser – angeblich von Schneeball dazu gedrängt – in der Tränke gelassen zu haben, und zwei andere Schafe gestanden, einen alten Widder, einen besonders ergebenen Anhänger Napoleons, ermordet zu haben, indem sie ihn in einem fort um ein Gartenfeuer herumjagten, während er an Husten litt. Sie alle wurden auf der Stelle hingeschlachtet. Und so ging die Geschichte von Geständnissen und Hinrichtungen fort, bis ein Leichenhaufen vor Napoleons Füßen lag und die Luft schwer vom Blutgeruch war, den man seit Jones' Vertreiben dort nicht mehr gekannt hatte.

Als alles vorüber war, schlichen sich die übrigen Tiere, bis auf die Schweine und die Hunde, gemeinsam davon. Sie waren erschüttert und fühlten sich elend. Sie wußten nicht, was empörender war – der Verrat der Tiere, die sich mit Schneeball verbündet hatten, oder die grausame Vergeltung, deren Zeuge sie eben geworden waren. In den alten Tagen hatte es oft ein ebenso schreckliches Blutvergießen gegeben, doch es schien ihnen allen, daß es jetzt viel schlimmer war, wo es in ihren eigenen Reihen geschah. Seit Jones die Farm verlassen hatte, war bis heute kein Tier von einem anderen getötet worden. Nicht einmal eine Ratte. Sie waren die kleine Hügelkuppe hinaufgezogen, wo die halbfertige Windmühle stand, und einmütig lagerten sich alle hin, so als kuschelten sie sich wärmend aneinander – Kleeblatt, Muriel, Benjamin, die Kühe, die Schafe und eine ganze Schar Gänse und Hühner – eigentlich alle, bis auf die Katze, die plötzlich verschwunden war, kurz bevor Napoleon die Tiere zusammenrief. Eine ganze Weile sagte niemand etwas. Nur Boxer blieb stehen. Er tänzelte auf und ab, peitschte sich mit dem langen, schwarzen Schweif die Flanken und gab von Zeit zu Zeit ein leises, erstauntes Wiehern von sich. Schließlich sagte er:

»Ich verstehe das nicht. Ich hätte nicht geglaubt, daß auf unserer Farm solche Dinge passieren könnten. Der Fehler muß irgendwo bei uns selbst liegen. Die Lösung heißt, so wie ich das sehe, noch härter zu arbeiten. Von jetzt an werde ich morgens eine ganze Stunde früher aufstehen.«

Und er zockelte in seinem schwerfälligen Trab in Richtung Steinbruch davon. Dort angelangt, belud er den Karren zweimal hintereinander mit Steinen und zerrte ihn zur Windmühle, ehe er sich zur Ruhe begab.

Die Tiere kuschelten sich wortlos um Kleeblatt. Die Hügelkuppe, auf der sie lagen, gewährte ihnen einen weiten Ausblick über das Land. Der größte Teil der Farm der Tiere lag vor sie hingebettet – die lange Weide, die sich bis zur Hauptstraße dehnte, die Wiese, das Gehölz, die Tränke, die gepflügten Felder, wo der junge Weizen dicht und grün stand, und die roten Dächer der Farmgebäude mit dem Rauch, der sich aus ihren Schornsteinen kräuselte. Es war ein klarer Frühlingsabend. Die waagrecht einfallenden Strahlen der Sonne vergoldeten das Gras und die knospenden Hecken. Nie war den Tieren die Farm – und mit einiger Überraschung entsannen sie sich, daß es ihre eigene Farm, jeder Zoll davon ihr Eigentum war – so begehrenswert erschienen. Als Kleeblatt die Hügelflanke hinunterblickte, traten ihr Tränen in die Augen. Hätte sie ihre Gedanken aussprechen können, würde sie gesagt haben, daß es dies nicht war, was sie erstrebt hatten, als sie vor Jahren darangegangen waren, den Sturz der menschlichen Rasse zu betreiben. Diese Greuelszenen und dieses Gemetzel waren es nicht, dem sie in jener Nacht freudig entgegengesehen hatten, als sie Old Major zum erstenmal zur Rebellion aufstachelte. Wenn sie selbst je ein eigenes Bild von der Zukunft gehabt hatte, so war es das einer von Hunger und Peitsche befreiten Gemeinschaft von Tieren gewesen, wo alle gleich waren, jeder nach seinem Vermögen arbeitete, und wo der Starke den Schwachen beschützte, so wie sie, in der Nacht von Majors Rede, mit ihrem Vorderlauf die Brut Entlein beschützt hatte. Statt dessen – warum, wußte sie nicht – hatten sie es zu einer Zeit gebracht, wo niemand es wagte, seine Meinung zu sagen, wo überall wilde, knurrende Hunde herumstöberten, und wo man mitansehen mußte, wie die eigenen Genossen in Stücke gerissen wurden, nachdem sie empörende Verbrechen gebeichtet hatten. Sie hegte keinen Gedanken an

Ungehorsam oder Revolte. Sie wußte, daß sie alle – selbst so wie die Dinge lagen – jetzt viel besser dran waren als zu Jones' Zeiten, und daß es vor allem galt, die Rückkehr der Menschen zu verhindern. Was auch geschehen mochte, sie würde die Treue halten, hart arbeiten, die ihr erteilten Befehle ausführen und Napoleons Führerschaft anerkennen. Trotzdem aber war dies nicht, worauf sie und mit ihr all die übrigen Tiere gehofft und wofür sie sich geschunden hatten. Nicht hierfür hatten sie die Windmühle gebaut und den Kugeln aus Jones' Flinte getrotzt. Dies etwa waren ihre Gedanken, wenn es ihr auch an Worten mangelte, sie auszudrücken.

Zuletzt stimmte sie ›Tiere Englands‹ an, weil ihr dies irgendwie ein Ersatz für die Worte zu sein schien, die sie nicht finden konnte. Die übrigen Tiere, die um sie her saßen, fielen mit ein, und sie sangen das Lied dreimal hintereinander – sehr melodisch, aber langsam und kummervoll, so wie sie es nie zuvor gesungen hatten.

Sie hatten es eben zum dritten Mal zu Ende gesungen, da näherte sich ihnen, von zwei Hunden begleitet, Schwatzwutz mit gewichtiger Miene. Er erklärte ›Tiere Englands‹ durch einen Sondererlaß Napoleons für abgeschafft. Von Stund an dürfe es nicht mehr gesungen werden.

Die Tiere waren bestürzt.

»Aber warum?« rief Muriel.

»Es wird nicht mehr gebraucht, Genossin«, sagte Schwatzwutz steif. »›Tiere Englands‹ war das Lied der Rebellion. Aber die Rebellion ist jetzt durchgeführt. Die Hinrichtung der Verräter heute nachmittag war ihr Schlußakt. Der äußere wie der innere Feind ist besiegt. In ›Tiere Englands‹ haben wir unsere Sehnsucht nach einer zukünftigen besseren Gesellschaft ausgedrückt. Aber diese Gesellschaft ist jetzt verwirklicht worden. Dieses Lied hat also eindeutig keinen Sinn mehr.«

So erschrocken sie auch waren, hätten einige der Tiere vielleicht doch protestiert, aber in diesem Moment stimmten die Schafe ihr übliches Geblöke »Vierbeiner gut, Zweibeiner schlecht« an, und dies dauerte etliche Minuten lang an und setzte jeder Diskussion ein Ende.

So erklang ›Tiere Englands‹ nie mehr. Dafür hatte Minimus, der Dichter, ein anderes Lied komponiert, das mit den Worten anhob:

Farm der Tiere, dir gilt mein Eid:
Nie treffe dich durch mich ein Leid!

und dies wurde nun jeden Sonntagmorgen nach

dem Hissen der Flagge gesungen. Doch irgendwie schien es den Tieren, daß weder die Worte noch die Melodie an ›Tiere Englands‹ heranreichten.

KAPITEL VIII

Als einige Tage später das Entsetzen über die Hinrichtungen abgeflaut war, erinnerten sich manche Tiere – oder glaubten, sich zu erinnern –, daß das Sechste Gebot verfügte: ›Kein Tier soll ein anderes Tier töten.‹ Und obgleich es keiner im Beisein der Schweine oder der Hunde sagen mochte, herrschte doch das Gefühl, daß die stattgefundenen Hinrichtungen damit nicht in Einklang standen. Kleeblatt bat Benjamin, er möge ihr das Sechste Gebot vorlesen, und als Benjamin, wie üblich, sagte, er weigere sich, sich in derartige Angelegenheiten einzumischen, da holte sie Muriel. Und Muriel las ihr das Gebot vor. Es lautete: ›Kein Tier soll ein anderes Tier töten *ohne Grund*.‹ Irgendwie waren die letzten zwei Worte dem Gedächtnis der Tiere entfallen. Doch sie sahen jetzt, daß das Gebot nicht gebrochen worden war; denn es gab eindeutig allen Grund, die Verräter zu töten, die sich mit Schneeball verbündet hatten.

Dies ganze Jahr hindurch arbeiteten die Tiere sogar noch härter, als sie es im Vorjahr getan hatten. Die Windmühle mit doppelt so starken Mauern wie vorher wiederaufzubauen und sie zum festgesetzten Termin zu vollenden, dazu noch die reguläre Farmarbeit, das war schon eine ungeheure Mühe. Es gab Tage, da schien es den Tieren, als arbeiteten sie länger und stünden dabei nicht besser im Futter als zu Jones' Zeiten. Sonntagmorgens las ihnen dann Schwatzwutz von einem langen Papierstreifen, den er mit seiner Schweinshaxe auf dem Boden festhielt, Zahlenkolonnen vor, die bewiesen, daß die Produktion von Futtermitteln jeder Art – je nachdem – um 200 Prozent, um 300 Prozent oder um 500 Prozent angestiegen war. Die Tiere sahen keinen Grund, ihm nicht zu glauben, zumal sie sich nicht mehr sehr deutlich daran erinnern konnten, wie die Zustände vor der Rebellion gewesen waren. Trotzdem spürten sie an manchen Tagen, daß sie lieber etwas weniger Zahlen und etwas mehr Futter gehabt hätten.

Alle Befehle ergingen jetzt entweder durch Schwatzwutz oder durch eins der anderen Schweine. Napoleon selbst ließ sich nur alle vierzehn Tage einmal in der Öffentlichkeit blicken. Trat er in Erscheinung, begleitete ihn nicht nur sein Gefolge von Hunden, sondern auch ein schwarzer Junghahn, der ihm sozusagen als Herold vorneweg stolzierte und ein lautes ›Kikeriki‹ erschallen ließ, bevor Napoleon zu sprechen anhob. Es hieß, daß Napoleon sogar im Farmhaus von den anderen getrennte Räume bewohne. Er nahm die Mahlzeiten allein ein, mit zwei Hunden zu seiner Bedienung, und er speiste stets von dem Meißner-Porzellan-Service aus der Glasvitrine im Wohnzimmerschrank. Es wurde weiterhin verkündet, daß jedes Jahr an Napoleons Geburtstag die Flinte abgefeuert werden würde, ebenso wie an den beiden anderen Jahrestagen.

Von Napoleon sprach man jetzt nie mehr einfach als ›Napoleon‹. Man sprach von ihm immer in formellem Stil als ›unser Führer, Genosse Napoleon‹, und die Schweine erfanden gern solche Titel für ihn wie ›Vater aller Tiere‹, ›Schrecken der Menschheit‹, ›Schirmherr der Schafhürden‹, ›Entleins Freund‹ und dergleichen. In seinen Reden sprach Schwatzwutz mit tränenüberströmten Backen von Napoleons Weisheit, seiner Herzensgüte und der tiefempfundenen Liebe, die er für alle Tiere allerorten hege, auch und ganz besonders für jene bedauernswerten Geschöpfe, die auf den anderen Farmen noch immer in Unwissenheit und Sklaverei lebten. Es war zur lieben Gewohnheit geworden, jede erfolgreiche Leistung und jeden Glückstreffer Napoleon als Verdienst anzurechnen. Man konnte oft ein Huhn zum anderen sagen hören: »Unter der Leitung unseres Führers, des Genossen Napoleon, habe ich in sechs Tagen fünf Eier gelegt«; oder zwei Kühe, die sich am Teich ein Schlückchen gönnten, riefen aus: »Wie ausgezeichnet mundet doch, dank der Führerschaft Genosse Napoleons, dieses Wasser!« Das allgemeine Empfinden auf der Farm kam sehr gut in einem ›Genosse Napoleon‹ betitelten Gedicht zum Ausdruck, das Minimus verfaßt hatte und das wie folgt lautete:

> *Vater der Waisenheit!*
> *Quelle der Seligkeit!*
> *Meister des Schweinetrogs! Ach, wie mein Herz*
> *In Brand, schau' ich in Dein*   *[steht schon*
> *Aug', das so hehr und rein*
> *wie laut'rer Sonnenschein,*
> *Genoss' Napoleon!*

Was nur Dein Volk begehrt,
Wird ihm von Dir beschert:
Zweimal die Krippe voll, dazu noch Heu
Jedes Tier, klein und groß,   [als Lohn;
Ruht sicher wie im Schoß,
Wachst Du doch pausenlos,
Genoss' Napoleon!

Hätt' ich ein Ferkelkind,
Es lernte ganz geschwind,
Egal wie klein es wär', ob Tochter oder Sohn,
Wie's Treue Dir bewies
Und einzig Dich nur pries;
Sein erster Quiekser hieß:
Genoss' Napoleon!

Napoleon billigte dieses Gedicht und veranlaßte, daß es an die Wand der großen Scheune geschrieben wurde, den Sieben Geboten gegenüber. Ein Profilporträt Napoleons, von Schwatzwutz in weißer Farbe ausgeführt, krönte es.

Inzwischen war Napoleon durch Whympers Vermittlung in komplizierte Verhandlungen mit Frederick und Pilkington eingetreten. Der Stapel Bauholz war noch immer nicht verkauft. Frederick war derjenige von den beiden, der mehr darauf erpicht war, mochte jedoch keinen anständigen Preis bezahlen. Gleichzeitig gab es erneute Gerüchte, daß Frederick und seine Leute planten, die Farm der Tiere anzugreifen und die Windmühle zu zerstören, deren Bau in ihm eine rasende Eifersucht erweckt hatte. Von Schneeball wußte man, daß er sich noch immer auf der Knickerfeld-Farm herumdrückte. Im Hochsommer wurden die Tiere durch die Neuigkeit alarmiert, daß sich drei Hühner gemeldet und gestanden hatten, daß sie, angestiftet von Schneeball, ein Komplott zur Ermordung Napoleons geschmiedet hatten. Sie wurden unverzüglich hingerichtet, und man traf neue Sicherheitsvorkehrungen für Napoleon. Vier Hunde bewachten nachts sein Bett, an jeder Ecke einer, und einem jungen Schwein namens Rotäuglein wurde die Aufgabe übertragen, ihm sein Essen vorzukosten, und zwar aus Angst vor Vergiftung.

Etwa um dieselbe Zeit wurde bekanntgegeben, daß Napoleon vereinbart habe, den Stapel Bauholz an Mr. Pilkington zu verkaufen; er werde ebenfalls ein reguläres Abkommen über den Austausch bestimmter Produkte zwischen der Farm der Tiere und Fuchswald schließen. Die Beziehungen zwischen Napoleon und Pilkington waren jetzt, obwohl sie nur durch Whymper unterhalten wurden, beinahe freundschaftlich. Die Tiere mißtrauten Pilkington als einem Menschen, zogen ihn aber bei weitem Frederick vor, den sie zugleich fürchteten und haßten. Als der Sommer ins Land schritt und die Windmühle ihrer Fertigstellung entgegensah, mehrten sich die Gerüchte über einen bevorstehenden, heimtückischen Überfall. Frederick, so hieß es, beabsichtige, zwanzig mit Gewehren ausgerüstete Männer gegen sie aufzubieten, und habe den Magistrat und die Polizei bereits bestochen, so daß, hielte er erst einmal die Besitzurkunden der Farm der Tiere in den Fingern, keine weiteren Fragen mehr gestellt werden würden. Zudem sickerten aus Knickerfeld schreckliche Geschichten über die Grausamkeiten durch, die Frederick an seinen Tieren verübe. Er habe einen alten Gaul totgepeitscht, er lasse seine Kühe verhungern, er habe einen Hund umgebracht, indem er ihn in die Kesselfeuerung warf, er vergnüge sich abends damit, Hähne miteinander kämpfen zu lassen, denen er die Ecken von Rasierklingen an die Sporen binde. Die Tiere kochten vor Wut, wenn sie hörten, daß ihren Genossen solche Dinge angetan wurden, und manchmal forderten sie lautstark, geschlossen losmarschieren und Knickerfeld angreifen, die Menschen verjagen und die Tiere befreien zu dürfen. Doch Schwatzwutz riet ihnen, von überstürzten Aktionen abzusehen und auf Genosse Napoleons Strategie zu vertrauen.

Nichtsdestotrotz wuchs der Unmut gegen Frederick. Eines Sonntagmorgens erschien Napoleon in der Scheune und erklärte, er habe es zu keiner Zeit auch nur im mindesten in Betracht gezogen, den Stapel Bauholz an Frederick zu verkaufen, er erachte es für unter seiner Würde, so sagte er, mit Schurken dieses Schlages zu schaffen zu haben. Die Tauben, die noch immer ausgesandt wurden, um die Kunde von der Rebellion zu verbreiten, durften nirgendwomehr in Fuchswald landen, und man befahl ihnen auch, ihre vormalige Parole ›Tod der Menschheit‹ zugunsten von ›Tod Frederick‹ fallenzulassen. Im Spätsommer trat wieder eine von Schneeballs Machenschaften zutage. Die Weizenernte war voller Unkraut, und man entdeckte, daß Schneeball bei einer seiner nächtlichen Visiten Unkrautsamen unter das Saatgut gemischt hatte. Ein Ganter, der in den Anschlag eingeweiht gewesen war, hatte Schwatzwutz seine Schuld gebeichtet und gleich anschließend durch den Verzehr todbringender Tollkirschen Selbstmord verübt. Die Tiere erfuhren jetzt auch, daß Schneeball nie – so wie bisher viele von ihnen geglaubt hatten – mit dem Orden ›Tierheld erster Klasse‹ ausgezeichnet worden war. Dies sei lediglich eine Legende, die Schneeball einige Zeit nach der Schlacht am Kuhstall selbst verbreitet habe. Weit davon entfernt, ausgezeichnet zu werden, war er vielmehr wegen Feigheit in der Schlacht getadelt worden. Abermals vernahmen einige der Tiere dies mit einer gewissen Verblüffung, doch Schwatzwutz konnte sie bald davon überzeugen, daß ihre Erinnerung sie getrogen hatte.

Im Herbst wurde die Windmühle durch eine ungeheuere, erschöpfende Kraftanstrengung – denn fast zur gleichen Zeit mußte auch die Ernte eingebracht werden – fertiggestellt. Noch mußte die Maschinerie installiert werden, und Whymper verhandelte über den Ankauf, doch der Bau selbst war vollendet. Ungeachtet aller Schwierigkeiten, trotz Unerfahrenheit, primitivem Werkzeug, Pech und Schneeballs Verrat, war das Werk auf den Tag genau pünktlich fertig geworden! Ermüdet, aber stolz gingen die Tiere immer wieder um ihr Meisterstück herum, das ihnen sogar noch schöner erschien als sein Vorgänger. Überdies waren die Mauern doppelt so dick wie vorher. Diesmal würde es schon Sprengstoff brauchen, um sie zum Einsturz zu bringen! Und als sie der geleisteten Schwerarbeit und der überwundenen Hindernisse und des gewaltigen Unterschieds gedachten, den es in ihrem Leben machen würde, wenn sich die Flügel drehten und die Dynamos liefen – als sie an all dies dachten, da fiel die Müdigkeit von ihnen ab, und sie tollten mit Triumphgeschrei rings um die Windmühle herum. Napoleon erschien in Begleitung seiner Hunde und seines Junghahns höchstselber, um das vollendete Werk in Augenschein zu nehmen; er gratulierte den Tieren persönlich zu ihrer Leistung und verkündete, daß die Mühle den Namen Napoleons-Mühle tragen werde.

Zwei Tage später wurden die Tiere zu einer Sonderversammlung in die Scheune berufen. Sie waren sprachlos vor Erstaunen, als ihnen Napoleon eröffnete, er habe den Stapel Bauholz an Frederick verkauft. Morgen würden Fredericks Wagen kommen und mit dem Abtransport beginnen. Während seiner scheinbaren Freundschaft mit Pilkington, habe er, Napoleon, in Wahrheit die ganze Zeit über in einem geheimen Einvernehmen mit Frederick gestanden.

Alle Beziehungen zu Fuchswald seien abgebrochen worden; an Pilkington habe man beleidigende Botschaften geschickt. Die Tauben hätten

Anweisung erhalten, die Knickerfeld-Farm zu meiden und ihre Parole von ›Tod Frederick‹ in ›Tod Pilkington‹ abzuändern. Gleichzeitig versicherte Napoleon den Tieren, alle Gerüchte über einen drohenden Angriff auf die Farm der Tiere seien absolut unwahr und die Geschichten von Fredericks Grausamkeiten gegen seine Tiere stark übertrieben. All diese Gerüchte hätten ihren Ursprung wahrscheinlich in Schneeball und seinen Agenten. Wie sich jetzt herausstellte, hielt sich Schneeball doch nicht auf der Knickerfeld-Farm versteckt und war auch eigentlich nie in seinem Leben dort gewesen: er lebte – in beträchtlichem Luxus, wie es hieß – auf Fuchswald und war in Wahrheit schon seit langen Jahren ein Kostgänger Pilkingtons.

Die Schweine gerieten über Napoleons Raffinesse ins Schwärmen. Durch seine scheinbare Freundlichkeit Pilkington gegenüber hätte er Frederick gezwungen, sein Gebot um zwölf Pfund zu erhöhen. Doch Napoleons wirklich überragender Verstand, sagte Schwatzwutz, offenbare sich in der Tatsache, daß er niemandem traue, nicht einmal Frederick. Frederick habe das Bauholz mit einem sogenannten Scheck bezahlen wollen, dies sei, dem Anschein nach, ein Stück Papier, auf dem ein Zahlungsversprechen geschrieben stände. Aber dafür sei Napoleon zu schlau. Er habe die Bezahlung in richtigen Fünfpfundnoten verlangt, die vor dem Abtransport des Bauholzes übergeben werden sollten. Frederick habe bereits voll bezahlt; und die von ihm gezahlte Summe reiche gerade, um die Maschinerie für die Windmühle zu kaufen.

Indes wurde das Bauholz im Eiltempo davongekarrt. Als alles weg war, hielt man in der Scheune abermals eine Sonderversammlung für die Tiere ab, damit sie Fredericks Banknoten begutachten konnten. Glückselig lächelnd und mit seinen beiden Auszeichnungen geschmückt, ruhte Napoleon auf einem Strohlager auf der Empore, neben ihm lag, säuberlich aufgetürmt auf einer Porzellanschüssel aus der Farmhausküche, das Geld. Die Tiere zogen langsam vorüber, und ein jedes schaute sich satt daran. Und Boxer schob die Nase vor, um an den Geldscheinen zu schnuppern, und die läppischen, weißen Dinger flatterten und raschelten unter seinem Atem.

Drei Tage später gab es ein schreckliches Tohuwabohu. Whymper kam mit totenbleichem Gesicht auf seinem Fahrrad den Pfad hochgeflitzt, er ließ es im Hof einfach fallen und stürzte schnurstracks ins Farmhaus. Im nächsten Augenblick ertönte aus Napoleons Räumen ein ersticktes Wutgeheul. Die Neuigkeit von dem, was geschehen war, breitete sich wie ein Lauffeuer über die ganze Farm aus. Die Banknoten waren gefälscht! Frederick hatte das Bauholz gratis bekommen!

Napoleon rief sofort die Tiere zusammen und verhängte mit furchtbarer Stimme das Todesurteil über Frederick. Bei seiner Gefangennahme, sagte Napoleon, sollte Frederick lebendig gekocht werden. Gleichzeitig warnte er sie, daß man nach dieser verräterischen Tat mit dem Schlimmsten zu rechnen habe. Frederick und seine Leute könnten jeden Moment ihren langerwarteten Angriff auf die Farm unternehmen. An allen Zugängen zur Farm wurden Wachen postiert. Zusätzlich schickte man vier Tauben mit einer Versöhnungsbotschaft nach Fuchswald, womit man die guten Beziehungen zu Pilkington wiederherzustellen hoffte.

Gleich am nächsten Morgen erfolgte der Angriff. Die Tiere frühstückten gerade, als die Ausguckposten mit der Nachricht hereinplatzten, daß Frederick und seine Gefolgsleute bereits das Gittertor mit den fünf Querstangen durchschritten hatten. Die Tiere führten einen sehr kühnen Ausfall gegen sie, doch diesmal fiel ihnen der Sieg nicht so leicht zu wie bei der Schlacht am Kuhstall. Es waren fünfzehn Mann mit insgesamt einem Halbdutzend Flinten, und sie eröffneten das Feuer, sobald sie bis auf fünfzig Schritt herangekommen waren. Dem Krachen und den stechenden Schrotkörnern vermochten die Tiere nicht standzuhalten, und trotz aller Bemühungen Napoleons und Boxers, sie wieder zu sammeln, wurden sie bald zurückgetrieben. Schon war eine Anzahl von ihnen verwundet. Sie suchten Zuflucht in den Farmgebäuden und lugten vorsichtig durch Ritzen und Astlöcher hinaus. Die große Weide war mitsamt der Windmühle in der Hand des Feindes. Im Moment schien sogar Napoleon ratlos. Er lief mit starr zuckendem Schwanz wortlos auf und ab. Sehnsüchtige Blicke flogen in Richtung Fuchswald. Wenn Pilkington und seine Leute ihnen zu Hilfe kämen, könnte der Sieg noch errungen werden. Doch in diesem Augenblick kehrten die vier Tauben zurück, die man am Vortag ausgeschickt hatte, und eine von ihnen trug einen Fetzen Papier von Pilkington im Schnabel. Darauf standen die mit Bleistift geschriebenen Worte: »Geschieht euch ganz recht.«

Inzwischen waren Frederick und seine Leute bei der Windmühle stehengeblieben. Die Tiere beobachteten sie, und ein entsetztes Gemurmel machte die Runde. Zwei der Männer hatten ein Brecheisen und einen Vorschlaghammer zum Vorschein gebracht. Sie trafen Anstalten, die Windmühle abzureißen.

»Unmöglich!« rief Napoleon. »Dafür haben wir die Mauern viel zu stark gebaut. Nicht einmal in einer Woche könnten sie sie abreißen. Mut, Genossen!«

Doch Benjamin verfolgte gespannt das Tun der Männer. Die beiden mit dem Hammer und dem Brecheisen bohrten dicht über dem Fundament der Windmühle ein Loch. Langsam und mit beinahe amüsierter Miene nickte Benjamin mit seiner langen Schnute.

»Das dachte ich mir«, sagte er. »Seht ihr denn nicht, was sie machen? Gleich werden sie in das Loch da Sprengpulver stopfen.«

Entsetzt warteten die Tiere ab. Es war unmöglich, sich jetzt aus dem Schutz der Gebäude hervorzuwagen. Nach wenigen Minuten sah man die Männer in alle Richtungen auseinanderlaufen. Dann erfolgte ein ohrenbetäubendes Getöse. Die Tauben wirbelten in die Luft, und alle Tiere, außer Napoleon, warfen sich flach auf den Bauch und verbargen ihr Gesicht. Als sie wieder aufstanden, hing dort, wo die Windmühle gewesen war, eine riesige, schwarze Rauchwolke. Langsam trieb sie im Luftzug davon. Die Windmühle war einmal!

Bei diesem Anblick kehrte den Tieren der Mut zurück. Die Furcht und Verzweiflung, die sie eben noch verspürt hatten, ertranken in ihrer Wut über diese gemeine, niederträchtige Tat. Ein mächtiger Schrei nach Rache brach los, und ohne weitere Befehle abzuwarten, stürmten die Tiere geschlossen vor und hielten direkt auf den Feind zu. Diesmal schenkten sie den grausamen Schrotkörnern keine Beachtung, die wie ein Hagelschauer auf sie einprasselten. Es wurde eine wilde, erbitterte Schlacht. Die Männer feuerten unaufhörlich, und als die Tiere dicht herangekommen waren, hieben sie mit ihren Knütteln und derben Stiefeln drein. Eine Kuh, drei Schafe und zwei Gänse wurden getötet, und fast jeder trug eine Verwundung davon. Sogar Napoleon, der die Operationen von der Nachhut aus leitete, wurde die Schwanzspitze von einem Schrotkorn abgezwickt. Aber auch die Männer kamen nicht ungeschoren davon. Dreien zertrümmerten Boxers Hufschläge die Schädel; ein weiterer bekam ein Kuhhorn in den Bauch gespießt, und wieder einem anderen rissen Jessie und Glockenblume fast die Hosen herunter. Und als die neun Hunde von Napoleons persönlicher Leibwache, die er instruiert hatte, im Schutz der Hecke ein Umgehungsmanöver durchzuführen, plötzlich mit grimmigen Gebell in der Flanke der Männer auftauchte, da erfaßte sie Panik. Sie erkannten, daß sie Gefahr liefen, umzingelt zu werden. Frederick brüllte seinen Leuten zu, sie sollten verschwinden, solange noch Zeit dazu sei, und im nächsten Moment lief der feige Feind ums Leben. Die Tiere jagten sie bis an den Feldrand und verpaßten ihnen noch ein paar letzte Tritte, als sie sich durch die Dornenhecke zwängten.

Sie hatten gesiegt, doch sie waren erschöpft und sie bluteten. Langsam begannen sie zur Farm zurückzuhumpeln. Der Anblick ihrer tot auf das Gras hingestreckten Genossen rührte manchen von ihnen zu Tränen. Und eine kleine Weile verharrten sie in kummervollem Schweigen an der Stelle, wo einst die Windmühle gestanden hatte. Ja, sie war verpufft; fast bis auf den letzten Rest war ihre Plackerei verpufft! Sogar die Fundamente waren teilweise zerstört. Und zu ihrem Wiederaufbau konnten sie diesmal nicht, so wie zuvor, die herabgestürzten Steine verwenden. Diesmal waren auch die Steine verschwunden. Die Gewalt der Explosion hatte sie Hunderte von Schritten weit weggeschleudert. Es war, als hätte es die Windmühle nie gegeben.

Als sie sich der Farm näherten, kam ihnen Schwatzwutz, der während der Kämpfe unerklärlicherweise gefehlt hatte, entgegengehopst; sein Schwanz fegte durch die Luft, und er strahlte vor Genugtuung. Und von den Farmgebäuden her hörten die Tiere feierlichen Flintendonner.

»Warum wird das Gewehr abgefeuert?« sagte Boxer.

»Um unseren Sieg zu feiern!« rief Schwatzwutz.

»Welchen Sieg denn?« sagte Boxer. Seine Knie bluteten, er hatte ein Hufeisen verloren und sich den Huf zersplittert, und in seinem Hinterlauf steckten ein Dutzend Schrotkörner.

»Welchen Sieg, Genosse? Haben wir den Feind denn nicht von unserem Boden vertrieben – vom heiligen Boden der Farm der Tiere?«

»Aber sie haben die Windmühle zerstört. Und wir hatten zwei Jahre lang daran gearbeitet!«

»Na und? Wir werden eine neue Windmühle bauen. Wir werden sechs Windmühlen bauen, wenn wir Lust dazu haben. Du weißt die gewaltige Tat überhaupt nicht zu schätzen, die wir vollbracht haben, Genosse. Der Feind hatte eben den Grund, auf dem wir jetzt stehen, besetzt. Und nun haben wir – dank der Führerschaft Genosse Napoleons – jeden Zoll davon zurückgewonnen!«

»Dann haben wir zurückgewonnen, was wir schon vorher besaßen«, sagte Boxer.

»Das ist unser Sieg«, sagte Schwatzwutz.

Sie humpelten in den Hof. Die Schrotkörner unter der Haut von Boxers Lauf taten schrecklich weh. Er sah vor sich die harte Arbeit, die Windmühle von den Fundamenten an wiederaufzubauen, und im Geist rüstete er sich bereits für die Aufgabe. Doch er spürte zum erstenmal, daß er elf Jahre alt war und daß seine mächtigen Muskeln vielleicht doch nicht mehr ganz so waren wie früher.

Aber als die Tiere die grüne Flagge flattern sahen und das Gewehr wieder krachen hörten – insgesamt wurde es siebenmal abgefeuert – und die Rede vernahmen, die Napoleon hielt, in der er sie zu ihrem Betragen beglückwünschte, da schien es ihnen schließlich doch, daß sie einen großen Sieg errungen hatten. Die in der Schlacht gefallenen Tiere erhielten ein feierliches Begräbnis. Boxer und Kleeblatt zogen den Wagen, der als Katafalk diente, und Napoleon schritt persönlich an der Spitze der Prozession. Zwei volle Tage blieben den Feierlichkeiten vorbehalten. Es gab Lieder, Reden und noch mehr Salutschüsse, und jedes Tier erhielt als besonderes Geschenk einen Apfel, und jeder Vogel drei Unzen Korn und jeder Hund drei Hundekuchen. Es wurde verkündet, daß die Schlacht die ›Schlacht an der Windmühle‹ heißen werde, und daß Napoleon einen neuen Orden gestiftet hatte, den ›Orden vom grünen Banner‹, den er sich gleich selbst verliehen habe. Im allgemeinen Vergnügen wurde die unglückselige Banknotenaffäre vergessen.

Es geschah wenige Tage später, da stießen die Schweine in den Kellern des Farmhauses auf eine Kiste Whisky. Man hatte sie damals bei der ersten Besetzung des Hauses übersehen. In jener Nacht drang aus dem Farmhaus lautes Singen, in das sich zur allgemeinen Überraschung auch die Melodie von ›Tiere Englands‹ mischte. Gegen halb zehn etwa wurde Napoleon, einen alten Bowler von Mr. Jones auf dem Kopf, eindeutig dabei gesehen, wie er aus der Hintertür trat, rasch einmal um den Hof herumgaloppierte und dann wieder nach drinnen verschwand. Doch am Morgen lag tiefe Stille über dem Farmhaus. Nicht ein Schwein schien sich zu regen. Es war beinahe neun Uhr, als Schwatzwutz seinen Auftritt hatte; er kam langsam und niedergedrückt daher, sein Blick war

stumpf, sein Schwanz bammelte schlaff hinter ihm, und er bot alle Anzeichen dafür, ernstlich krank zu sein. Er rief die Tiere zusammen und sagte ihnen, er müsse ihnen eine fürchterliche Mitteilung machen. Genosse Napoleon liege im Sterben!

Es erhob sich ein Wehklagen. Draußen vor den Farmhaustüren wurde Stroh aufgeschüttet, und die Tiere gingen auf Zehenspitzen. Mit Tränen in den Augen fragten sie einander, was sie denn bloß tun sollten, wenn ihnen ihr Führer genommen werden würde. Es lief das Gerücht um, Schneeball habe es nun schließlich doch noch geschafft, Napoleon Gift ins Futter zu mischen. Um elf kam Schwatzwutz heraus, um eine neuerliche Erklärung abzugeben. Als seine letzte Tat auf Erden habe Genosse Napoleon eine feierliche Verordnung erlassen: der Genuß von Alkohol sei mit dem Tode zu bestrafen.

Am Abend jedoch schien sich Napoleons Befinden etwas gebessert zu haben, und am nächsten Morgen konnte Schwatzwutz ihnen allen mitteilen, er sei bereits auf dem Weg zur Genesung. Am Abend dieses Tages war Napoleon wieder an der Arbeit, und am nächsten Tag erfuhr man, er habe Whymper damit beauftragt, in Willingdon einige Broschüren über das Brauen und Destillieren zu besorgen. Eine Woche später erteilte Napoleon den Befehl, die kleine Koppel hinter dem Obstgarten umzupflügen, die man ursprünglich den pensionierten Tieren als Weidegrund hatte reservieren wollen. Es wurde verlautbart, daß die Weide ausgelaugt war und neu besät werden mußte; doch es wurde bald bekannt, daß Napoleon dort Gerste anzubauen plante.

In dieser Zeit ereignete sich ein sonderbarer Vorfall, den sich kaum jemand zu erklären wußte. Eines Nachts gegen zwölf Uhr gab es im Hof ein Riesengetöse, und die Tiere kamen aus den Ställen gestürmt. Es war eine mondhelle Nacht. Am Fuß der Rückwand der großen Scheune, dort wo die Sieben Gebote angeschrieben standen, lag eine entzweigebrochene Leiter. Daneben spreizte sich der vorübergehend betäubte Schwatzwutz, und unweit von ihm lagen eine Laterne, ein Pinsel und ein umgekippter Topf mit weißer Farbe. Die Hunde bildeten sofort einen Ring um Schwatzwutz und eskortierten ihn zum Farmhaus zurück, sobald er laufen konnte. Keines der Tiere konnte sich einen Reim darauf machen, nur der alte Benjamin nickte wissend mit der Schnute und schien sehr wohl zu verstehen, doch sagen wollte er nichts.

Doch als sich Miriam ein paar Tage später die Sieben Gebote selber vorlas, da bemerkte sie, daß es noch eines gab, das die Tiere falsch in Erinnerung hatten. Sie hatten gedacht, das Fünfte Gebot laute: ›Kein Tier soll Alkohol trinken‹, aber da standen zwei Worte, die sie vergessen hatten. Eigentlich lautete das Gebot: ›Kein Tier soll Alkohol trinken *im Übermaß*.‹

Es dauerte lange Zeit, bis Boxers gesplitterter Huf verheilt war. Man hatte gleich an dem Tag nach den Siegesfeiern mit dem Wiederaufbau der Windmühle begonnen. Boxer weigerte sich, der Arbeit auch nur einen Tag fernzubleiben, und machte eine Ehrensache daraus, sich seine Schmerzen nicht anmerken zu lassen. Abends gestand er Kleeblatt unter vier Augen, daß ihm der Huf doch sehr zu schaffen mache. Kleeblatt behandelte den Huf mit Breiumschlägen aus Kräutern, die sie zur Vorbereitung durchkaute; und sowohl sie wie auch Benjamin redeten Boxer ins Gewissen, nicht mehr so schwer zu arbeiten. »Pferdelungen halten auch nicht ewig«, sagte sie zu ihm. Doch Boxer wollte nichts davon hören. Er habe nur noch einen wirklichen Ehrgeiz, sagte er – nämlich, den Bau der Windmühle möglichst weit fortgeschritten zu sehen, bevor er das Ruhestandsalter erreiche.

Zu Anfang, als die Gesetze der Farm der Tiere zum erstenmal formuliert worden waren, hatte man die Altersgrenze für Pferde und Schweine auf zwölf, für Kühe auf vierzehn, für Hunde auf neun, für Schafe auf sieben und für Hühner und Gänse auf fünf Jahre festgesetzt. Man hatte sich auf eine großzügige Altersversorgung geeinigt. Bis jetzt war noch kein Tier tatsächlich in den Ruhestand getreten, doch in letzter Zeit hatte das Thema immer häufiger zur Diskussion gestanden. Jetzt, wo das kleine Feld hinter dem Obstgarten dem Anbau von Gerste vorbehalten blieb, munkelte man, daß eine Ecke der großen Weide abgezäunt und in einen Weideplatz für überalterte Tiere verwandelt werden sollte. Für ein Pferd, hieß es, werde die Altersversorgung täglich fünf Pfund Korn und im Winter fünfzehn Pfund Heu betragen, zuzüglich einer Möhre oder möglicherweise eines Apfels an öffentlichen Feiertagen. Boxers zwölfter Geburtstag würde nächstes Jahr im Spätsommer sein.

Unterdessen war das Leben hart. Der Winter war so streng wie der letzte und das Futter sogar noch knapper. Abermals wurden alle Rationen gekürzt, nur die der Schweine und Hunde nicht. Eine allzu starre Gleichheit der Rationen, erklärte Schwatzwutz, würde den Prinzipien des Animalismus widersprochen haben. Jedenfalls bereitete es ihm keinerlei Schwierigkeiten, den anderen Tieren zu beweisen, daß es *in Wirklichkeit* gar keinen Futtermangel gab, auch wenn es scheinbar so aussah. Vorläufig sei es freilich für nötig befunden worden, eine Anpassung der Rationen vorzunehmen (Schwatzwutz sprach stets von ›Anpassung‹ und niemals von ›Kürzung‹), doch im Vergleich mit den Zeiten von Jones' Herrschaft sei die Verbesserung noch immer enorm. Indem er die Zahlen mit schriller, schneller Stimme verlas, bewies er ihnen im einzelnen, daß sie mehr Hafer, mehr Heu, mehr Rüben hatten als zu Jones' Zeiten, daß sie weniger Stunden arbeiteten, daß ihr Trinkwasser von besserer Qualität war, daß sie länger lebten, daß ein größerer Prozentsatz ihrer Jungen das Kleinkindalter überstand, und daß sie mehr Stroh in ihren Ställen und weniger unter Flöhen zu leiden hatten. Die Tiere glaubten jedes Wort davon. Ehrlich gesagt war ihnen Jones und alles, wofür er stand, beinahe aus dem Gedächtnis entschwunden. Sie wußten, daß das Leben heutzutage rauh und karg war, daß sie oft hungrig waren und oft froren und daß sie für gewöhnlich arbeiteten, wenn sie nicht gerade schliefen. Aber in den alten Tagen war es zweifellos schlimmer gewesen. Daran glaubten sie mit Freuden. Außerdem waren sie in jenen fernen Tagen Sklaven gewesen, und jetzt waren sie frei, und das machte den großen Unterschied aus, wie Schwatzwutz nie müde wurde hervorzuheben.

Es waren jetzt viel mehr Mäuler zu füttern. Im Herbst hatten die vier Sauen beinahe zur gleichen Zeit geworfen und gemeinsam einunddreißig Ferkel zur Welt gebracht. Die Ferkel waren gescheckt, und da Napoleon der einzige Keiler auf der Farm war, ließ sich ihre Abstammung leicht erraten. Es wurde verkündet, daß später, nach dem Erwerb von Ziegeln und Bauholz, im Farmhausgarten ein Schulzimmer gebaut werden sollte. Vorläufig wurden die Ferkel von Napoleon persönlich in der Farmhausküche unterrichtet. Sie turnten im Garten und wurden davon abgehalten, mit den anderen Jungtieren zu spielen. Um diese Zeit wurde auch eine neue Verordnung erlassen: wenn ein Schwein und irgendein anderes Tier einander auf dem Pfad begegneten, dann mußte das andere Tier beiseite treten; und weiterhin, daß allen Schweinen, ungeachtet ihres Ranges, das Privileg gebühren sollte, sonntags ein grünes Band am Schwanz zu tragen.

Die Farm hatte ein leidlich erfolgreiches Jahr hinter sich, litt aber immer noch an Geldmangel. Es mußten Ziegel, Sand und Kalk für das Schulzimmer gekauft werden, und es würde auch nötig sein, wieder mit dem Sparen für die Maschinerie der Windmühle zu beginnen. Dazu kamen dann noch Lampenöl und Kerzen für das Haus, Zucker für Napoleons persönliche Tafel (den anderen Schweinen verbot er ihn mit der Begründung, er mache sie fett) und was sonst eben noch alles aufzufüllen war, wie Werkzeuge, Nägel, Schnur, Kohle, Draht, Alteisen und Hundekuchen. Man stieß eine Ladung Heu und einen Teil der Kartoffelernte ab, und der Eiervertrag wurde auf sechshundert Stück pro Woche erhöht, so daß die Hennen in diesem Jahr kaum genug Küken ausbrüteten, um ihren Bestand gleichzuhalten. Die im Dezember gekürzten Rationen wurden im Februar abermals gekürzt, und um Öl zu sparen, verbot man in den Ställen die Laternen. Doch die Schweine schienen sich sauwohl zu fühlen, und wenn überhaupt etwas, so nahmen sie dabei noch zu. Eines Nachmittags, Ende Februar, wehte ein warmer, würziger, appetitanregender Duft, so wie ihn die Tiere noch nie zuvor gerochen hatten, über den Hof; er kam von dem kleinen Brauhaus, das zu Jones' Zeiten stillgelegt gewesen war und das hinter der Küche stand. Jemand sagte, es sei der Geruch von kochender Gerste. Die Tiere schnupperten hungrig in der Luft und fragten sich, ob ihnen wohl zum Abendessen eine warme Maische zubereitet werde. Doch es wurde nichts mit der warmen Maische, und am folgenden Sonntag verkündete man, daß von nun an alle Gerste den Schweinen vorbehalten bliebe. Auf dem Feld hinter dem Obstgarten war bereits Gerste gesät worden. Und schon bald sickerte die Neuigkeit durch, daß jetzt jedes Schwein täglich eine Ration von einem halben Liter Bier bekam, und Napoleon höchstselbst vier Liter, die ihm immer in der Suppenterrine des Meißner-Porzellan-Services gereicht wurden.

Doch wenn es auch Ungemach zu erdulden gab, so wurde dies teilweise durch die Tatsache aufgewogen, daß das Leben heutzutage mehr Würde besaß als früher. Es gab mehr Lieder, mehr Reden, mehr Aufmärsche. Napoleon hatte befohlen, daß einmal in der Woche eine sogenannte ›Spontan-Demonstration‹ stattfinden sollte, deren Zweck es war, die Kämpfe und Triumphe der Farm der Tiere zu feiern. Zur festgesetzten Zeit verließen die Tiere dann ihre Arbeit und marschierten in militärischer Formation die Grenzen der Farm ab, voraus die Schweine, dann die Pferde, dann die Kühe, dann die Schafe und schließlich das Federvieh. Die

Hunde flankierten den Aufmarsch, und ganz vorneweg stolzierte Napoleons schwarzer Junghahn. Boxer und Kleeblatt trugen gemeinsam immer ein grünes Banner mit dem Huf und dem Horn und der Aufschrift ›Lang lebe Genosse Napoleon!‹. Anschließend wurden zu Napoleons Ehren verfaßte Gedichte rezitiert, und Schwatzwutz hielt eine Rede, in der er Einzelheiten über die jüngsten Steigerungen in der Futterproduktion bekanntgab, und gelegentlich wurde ein Schuß aus dem Gewehr abgefeuert. Die Schafe waren die begeistertsten Anhänger der ›Spontan-Demonstrationen‹, und wenn sich irgendjemand beschwerte (was einige Tiere manchmal taten, wenn gerade keine Schweine oder Hunde in der Nähe waren), daß sie reine Zeitverschwendung wären und nur langes Herumstehen im Kalten bedeuteten, brachten ihn die Schafe todsicher mit einem ohrenbetäubenden Geblöke «Vierbeiner gut, Zweibeiner schlecht!» zum Schweigen. Doch im großen und ganzen genossen die Tiere diese Feierlichkeiten. Sie fanden es tröstlich, daran erinnert zu werden, daß sie immerhin und wahrlich und wahrhaftig ihre eigenen Herren waren und daß die Arbeit, die sie leisteten, nur ihnen allein zugute kam. Und so gelang es ihnen, über den Liedern, den Aufmärschen, Schwatzwutz' Zahlenkolonnen, dem Donnern des Gewehrs, dem Krähen des Junghahns und dem Flattern der Flagge wenigstens hin und wieder zu vergessen, daß ihre Bäuche leer waren.

Im April wurde die Farm der Tiere zur Republik ausgerufen, und es stand an, einen Präsidenten zu wählen. Es gab nur einen Kandidaten, Napoleon, der dann auch einstimmig gewählt wurde. Am selben Tag noch wurde bekanntgegeben, daß sich neue Dokumente gefunden hätten, die weitere Einzelheiten über Schneeballs Komplizenschaft mit Jones enthüllten. Es erwies sich jetzt, daß Schneeball nicht bloß, wie die Tiere früher angenommen hatten, versucht hatte, die Schlacht am Kuhstall durch eine Kriegslist zu verlieren, sondern, daß er ganz offen an Jones' Seite gekämpft hatte. Tatsächlich war er der eigentliche Anführer der menschlichen Streitkräfte gewesen und hatte sich mit den Worten »Lang lebe die Menschheit!« in die Schlacht gestürzt. Die Wunden auf Schneeballs Rücken, die ein paar Tiere sich noch erinnerten gesehen zu haben, stammten von Napoleons Zähnen.

Mitten im Sommer tauchte nach mehreren Jahren der Abwesenheit plötzlich Moses, der Rabe, wieder auf der Farm auf. Er war ganz der

alte, arbeitete noch immer nicht und sprach wie eh
und je vom Kandiszucker-Berg. Er pflegte sich auf
einen Stubben ·zu hocken, mit den schwarzen
Flügeln zu flappen und stundenweise jedem etwas
vorzuerzählen, der es nur hören mochte. »Dort
oben, Genossen«, pflegte er feierlich zu sagen,
indem er mit seinem langen Schnabel in den
Himmel wies – »dort oben, gerade auf der anderen
Seite dieser dunklen Wolke, die ihr da seht – dort
liegt Kandiszucker-Berg, das glückliche Land, wo
wir armen Tiere auf ewig von unseren Mühen
ausruhen sollen!« Er behauptete sogar, auf einem
seiner Höhenflüge dort gewesen zu sein und die
immerwährenden Kleefelder und den auf den
Hecken wachsenden Ölkuchen und Würfelzucker
gesehen zu haben. Viele unter den Tieren glaubten
ihm. Ihr Leben, sannen sie so, bestünde jetzt bloß
aus Hunger und Mühsal; wäre es da nicht nur recht

und billig, daß irgendwo anders eine bessere Welt existiere? Schwer einzuschätzen allerdings war die Einstellung der Schweine Moses gegenüber. Sie erklärten alle abschätzig, seine Geschichten über Kandiszucker-Berg seien Lügen und erlaubten ihm trotzdem, auf der Farm zu bleiben, ohne zu arbeiten und mit einer täglichen Zuteilung von einem achtel Liter Bier.

Nachdem sein Huf verheilt war, arbeitete Boxer härter als je zuvor. Freilich arbeiteten in diesem Jahr alle Tiere wie Sklaven. Außer der regulären Farmarbeit und dem Wiederaufbau der Wind-mühle war da noch das Schulhaus für die jungen Schweine, mit dessen Bau im März begonnen wurde. Manchmal waren die langen Stunden bei schmaler Kost schwer zu ertragen, doch Boxer wankte nie. Nichts von dem, was er sagte oder tat, deutete darauf hin, daß es um seine Kräfte nicht mehr so bestellt war wie früher. Nur sein Aussehen hatte sich ein wenig verändert; sein Fell glänzte nicht mehr wie sonst, und seine mächtigen Hanken schienen geschrumpft zu sein. Die anderen sagten: »Boxer wird schon zunehmen, wenn das Früh-lingsgras sprießt«, doch der Frühling kam, und Boxer wurde nicht dicker. Wenn er auf dem Abhang, der zur Spitze des Steinbruchs führte, seine Muskeln gegen das Gewicht eines gewaltigen Felsbrockens stemmte, schien es manchmal, als halte ihn nur noch der bloße Wille zum Weitermachen auf den Beinen. In solchen Augenblicken sah man seine Lippen die Worte formen: »Ich will und werde noch härter arbeiten«; die Stimme aber versagte ihm. Erneut redeten ihm Kleeblatt und Benjamin ins Gewissen, er solle auf seine Gesundheit achtgeben, aber Boxer hörte nicht hin. Sein zwölfter Geburtstag rückte näher. Es kümmerte ihn nicht, was passierte, solange nur ein tüchtiger Steinvorrat angesammelt war, bevor er in den Ruhestand trat.

Eines späten Abends im Sommer lief plötzlich das Gerücht durch die Farm, daß Boxer etwas zugestoßen sei. Er war alleine hinausgegangen, um noch eine Ladung Steine zur Windmühle zu karren. Und das Gerücht stimmte. Wenige Minuten später kamen zwei Tauben mit der Nachricht angerauscht: »Boxer ist zusammengebrochen! Er liegt auf der Seite und kommt nicht wieder hoch!«

Etwa die Hälfte der Tiere auf der Farm stürmten zur Hügelkuppe hinaus, wo die Windmühle stand. Da lag Boxer zwischen den Deichseln des Karrens, mit ausgestrecktem Hals, unfähig, auch nur den Kopf zu heben. Seine Augen waren glasig, seine

Flanken schweißüberströmt. Ein dünnes Blutrinnsal war ihm aus dem Maul gesickert. Kleeblatt sank neben ihm auf die Knie.

»Boxer!« rief sie, »was fehlt dir?«

»Es ist meine Lunge«, sagte Boxer mit schwacher Stimme. »Aber das tut nichts. Ich denke, ihr werdet es auch ohne mich schaffen, die Windmühle zu vollenden. Wir haben einen tüchtigen Steinvorrat angesammelt. Ich hatte ohnehin nur noch einen Monat vor mir. Ehrlich gesagt, ich habe mich schon richtig auf meine Pensionierung gefreut. Und da Benjamin auch nicht mehr der Jüngste ist, darf er vielleicht zur gleichen Zeit in den Ruhestand treten und mir Gesellschaft leisten.«

»Wir müssen auf der Stelle Hilfe holen«, sagte Kleeblatt. »Nun lauf doch schon jemand los, um Schwatzwutz Bescheid zu gegen.«

Alle anderen Tiere stürmten sofort zum Farmhaus zurück, um Schwatzwutz die Neuigkeit zu überbringen. Nur Kleeblatt blieb, und auch Benjamin, der sich neben Boxer legte und ihn mit seinem langen Schwanz wortlos vor den Fliegen schützte. Nach rund einer Viertelstunde erschien Schwatzwutz voller Mitgefühl und Sorge. Er sagte, Genosse Napoleon habe mit dem allergrößten Bedauern von dem Unfall eines der ergebensten Arbeiter auf der Farm vernommen und treffe bereits Vorbereitungen, Boxer zur Behandlung ins Krankenhaus nach Willingdon zu schicken. Hierbei wurde den Tieren etwas mulmig. Bis auf Mollie und Schneeball hatte noch kein Tier die Farm verlassen, und der Gedanke, ihren kranken Genossen in den Händen von Menschen zu wissen, behagte ihnen nicht. Schwatzwutz überzeugte sie jedoch mit Leichtigkeit davon, daß der Tierarzt in Willingdon Boxers Fall weitaus sachgemäßer behandeln könnte als sie hier auf der Farm. Und etwa eine halbe Stunde später, als sich Boxer ein wenig erholt hatte, wurde er mit Mühe auf die Beine gestellt und schaffte es auch, zu seinem Stall zurückzuhumpeln, wo ihm Kleeblatt und Benjamin ein gutes Strohlager bereitet hatten.

Die nächsten beiden Tage blieb Boxer in seinem Stall. Die Schweine hatten ihm eine große Flasche mit rosa Medizin geschickt, die sie im Arzneischränkchen im Badezimmer gefunden hatten, und Kleeblatt verabreichte sie Boxer zweimal täglich nach den Mahlzeiten. Abends lag sie in seinem Stall und unterhielt sich mit ihm, während Benjamin die Fliegen von ihm abhielt. Boxer tat so, als sei es ihm um das Geschehene nicht leid. Wenn er sich gut erhole, könne er noch gut und gerne seine drei Jahre leben, und auf die friedvollen Tage, die er in der Ecke der großen Weide verbringen würde, freue er sich schon. Er würde dann zum erstenmal Muße haben, zu lernen und sich weiterzubilden. Er beabsichtige, sagte er, den Rest seines Lebens dem Erlernen der verbleibenden zweiundzwanzig Buchstaben des Alphabets zu widmen.

Indes, Benjamin und Kleeblatt konnten nur nach der Arbeitszeit bei Boxer sein, und der Frachtwagen, der ihn abholen kam, erschien mitten am Tage. Die Tiere waren alle bei der Arbeit und jäteten unter der Aufsicht eines Schweins gerade Rüben, als sie voller Erstaunen sahen, wie Benjamin aus der Richtung der Farmgebäude herangaloppiert kam und aus Leibeskräften brüllte. Es war das erste Mal, daß sie Benjamin außer sich sahen – ja, und es war auch das erste Mal, daß ihn jemand galoppieren sah. »Schnell, schnell!« schrie er. »Kommt sofort! Sie bringen Boxer weg!« Ohne einen Befehl des Schweins abzuwarten, ließen die Tiere die Arbeit liegen und stürmten zu den Farmgebäuden zurück. Tatsächlich, dort im Hof stand ein großer, geschlossener Wagen mit zwei Zugpferden, einer Aufschrift an der Seite und einem verschlagen blickenden Mann mit flachem

Bowler, der auf dem Kutschbock saß. Und Boxers Stall war leer.

Die Tiere scharten sich um den Wagen. »Auf Wiedersehen, Boxer!« riefen sie im Chor. »Auf Wiedersehen!«

»Ihr Narren ihr!« schrie Benjamin und tänzelte um sie herum und stampfte mit seinen kleinen Hufen auf die Erde. »Ihr Narren! Seht ihr denn nicht, was da auf der Seite des Wagens geschrieben steht?«

Das ließ die Tiere innehalten, und es herrschte Ruhe. Muriel begann die Worte zu buchstabieren. Aber Benjamin stieß sie zur Seite und las in die Totenstille hinein vor:

»›Alfred Simmonds, Pferdemetzger und Leimsieder, Willingdon. Handel mit Häuten und Knochenmehl. Lieferant für Jagdhundezwinger.‹ Versteht ihr denn nicht, was das heißt? Sie schaffen Boxer zum Abdecker!«

Ein Entsetzensschrei entfuhr allen Tieren. In diesem Augenblick gab der Mann auf dem Bock seinen Pferden die Peitsche, und der Wagen rollte in forschem Trab aus dem Hof. Alle Tiere liefen hinterher und riefen so laut sie nur konnten. Kleeblatt drängte sich ganz nach vorne. Der Wagen wurde immer schneller. Kleeblatt versuchte,

ihren stämmigen Gliedmaßen einen Galopp aufzu-
zwingen und brachte nur ein Kantern zuwege.
»Boxer!« rief sie. »Boxer! Boxer! Boxer!« Und als
hätte er den Aufruhr draußen gehört, erschien
Boxers Gesicht mit der Blesse auf der Nase an dem
kleinen Fenster in der Hinterwand des Wagens.

»Boxer!« rief Kleeblatt mit schrecklicher
Stimme. »Boxer! Komm raus! Komm schnell raus!
Sie fahren dich in den Tod!«

Alle Tiere nahmen den Ruf »Komm raus, Boxer, komm raus!« auf. Doch der Wagen wurde
schon schneller und fuhr ihnen davon. Es war
ungewiß, ob Boxer verstanden hatte, was Kleeblatt rief. Doch einen Moment später verschwand
sein Gesicht vom Fenster, und im Wageninnern
ertönte ein gewaltiges Hufgetrommel. Er versuchte sich freizukeilen. Es hatte einmal eine Zeit
gegeben, da hätten ein paar Hufschläge Boxers den
Wagen zu Kleinholz zertrümmert. Aber ach! Seine
Kräfte waren geschwunden; und in kurzer Zeit
wurde das Geräusch trommelnder Hufe immer
schwächer, bis es schließlich ganz erstarb. Verzweifelt beschworen die Tiere die beiden Pferde,
die den Wagen zogen, anzuhalten. »Genossen,
Genossen!« schrien sie. »Fahrt nicht euren eigenen
Bruder in den Tod!« Doch die dummen Biester, die

zu blöde dazu waren, das Geschehen zu begreifen, legten bloß die Ohren an und steigerten ihr Tempo noch. Boxers Gesicht erschien nicht mehr am Fenster. Zu spät dachte jemand daran, vorauszulaufen und das Gittertor mit den fünf Querstangen zu schließen, im nächsten Moment war der Wagen schon hindurchgerollt und verschwand rasch die Straße hinunter. Boxer sah man niemals mehr wieder.

Drei Tage später wurde mitgeteilt, er sei im Krankenhaus in Willingdon gestorben, trotz aller Pflege, die einem Pferd zuteil werden könne. Schwatzwutz überbrachte den anderen diese Nachricht. Er habe, sagte er, Boxers letzten Stunden beigewohnt.

»Es war der zu Herzen gehendste Anblick, den ich je gesehen habe!« sagte Schwatzwutz, hob seine Schweinshaxe und wischte sich eine Träne fort. »Ich war bis zuletzt an seinem Bett. Und als es zu Ende ging und er schon zu schwach zum Sprechen war, flüsterte er mir ins Ohr, es sei sein einziger Kummer, vor der Vollendung der Windmühle dahingegangen zu sein. ›Vorwärts, Genossen!‹ flüsterte er. ›Vorwärts im Namen der Rebellion. Lang lebe die Farm der Tiere! Lang lebe Genosse Napoleon! Napoleon hat immer recht.‹ Das waren seine letzten Worte, Genossen.«

Hier veränderte sich Schwatzwutz' Gebaren plötzlich. Er verstummte für einen Augenblick, und seine kleinen Augen verschossen nach allen Seiten argwöhnische Blicke, ehe er fortfuhr.

Es sei ihm zu Ohren gekommen, sagte er, daß bei Boxers Abtransport ein ganz albernes und niederträchtiges Gerücht in Umlauf gesetzt worden wäre. Einigen Tieren sei aufgefallen, daß auf dem Wagen, der Boxer abholen kam, »Pferdemetzger« stand, und sie hätten sich doch tatsächlich zu dem Schluß verleiten lassen, Boxer werde zum Abdekker gebracht. Es sei schier unglaublich, sagte Schwatzwutz, daß irgendein Tier so töricht sein könne. Bestimmt, rief er empört, fegte mit seinem Schwanz durch die Luft und hopste hin und her, bestimmt kannten sie ihren geliebten Führer, Genosse Napoleon, doch besser! Aber die Erklärung war wirklich ganz einfach. Der Wagen hatte früher dem Abdecker gehört, und der Tierarzt hatte ihn von ihm gekauft und nur noch nicht die Zeit gefunden, den alten Namen zu übermalen. So war dieser Irrtum entstanden.

Die Tiere waren ungeheuer erleichtert, das zu hören. Und als Schwatzwutz dann noch fortfuhr, anschauliche Einzelheiten von Boxers Totenbett zu geben, von der bewundernswerten Pflege, die er erhalten und von der teuren Medizin, die Napoleon ohne Rücksicht auf die Kosten bezahlt hatte, da schwanden ihre letzten Zweifel, und die Trauer, die sie um den Tod ihres Genossen empfanden, wurde durch den Gedanken gelindert, daß er wenigstens glücklich gestorben war.

Bei der Versammlung am folgenden Sonntag erschien Napoleon in eigener Person und hielt eine kurze Rede zu Ehren Boxers. Es war nicht möglich gewesen, sagte er, die Überreste ihres betrauerten Genossen zur Bestattung auf die Farm heimzuholen, doch er hatte angeordnet, daß aus den Lorbeerbüschen im Farmhausgarten ein großer Kranz geflochten werden sollte, der dann nach Willingdon geschickt und auf Boxers Grab gelegt werden würde. Und in einigen Tagen gedachten die Schweine ein Gedenkbankett zu Boxers Ehren abzuhalten. Napoleon beendete seine Rede mit dem Hinweis auf die beiden Lieblingsdevisen Boxers: »Ich will und werde noch härter arbeiten« und »Genosse Napoleon hat immer recht« – Devisen, sagte er, die jedes Tier gut täte, sich zu eigen zu machen.

An dem für das Bankett festgesetzten Tag fuhr der Wagen eines Kolonialwarenhändlers aus Willingdon herauf und lieferte beim Farmhaus eine große Holzkiste ab. In dieser Nacht vernahm man lautes Grölen, dem etwas folgte, was wie ein heftiger Streit klang, der gegen elf Uhr mit dem gewaltigen Lärm von berstendem Glas endete. Bis zum Mittag des nächsten Tages rührte sich im Farmhaus nichts, und es ging die Rede, daß sich die Schweine von irgendwoher das Geld beschafft hatten, um sich noch eine Kiste Whisky zu kaufen.

KAPITEL X

Jahre zogen ins Land. Die Jahreszeiten kamen und gingen, die kurzen Tierleben verflossen. Es kam eine Zeit, da erinnerte sich niemand mehr an die alten Tage vor der Rebellion, außer Kleeblatt, Benjamin, Moses, dem Raben und einer Anzahl von Schweinen.

Muriel war tot; Glockenblume, Jessie und Zwickzwack waren tot. Auch Jones lebte nicht mehr – er war in einer Trinkerheilanstalt in einem anderen Teil des Landes gestorben. Schneeball war vergessen. Boxer war vergessen, außer von den wenigen, die ihn gekannt hatten. Kleeblatt war jetzt eine alte, korpulente Stute mit steifen Gelenken und einer Neigung zu Triefaugen. Sie war schon zwei Jahre über die Altersgrenze hinaus, doch tatsächlich in den Ruhestand getreten war noch kein Tier. Das Thema, eine Ecke der Weide für die ausgedienten Tiere zu reservieren, war schon lange fallengelassen worden. Napoleon war jetzt ein ausgewachsener Drei-Zentner-Keiler. Schwatzwutz war so fett, daß er kaum noch aus den Augen gucken konnte. Nur der alte Benjamin war noch so ziemlich derselbe, bloß ein bißchen grauer um die Schnute und seit Boxers Tod mürrischer und wortkarger denn je.

Es gab jetzt viel mehr Tiere auf der Farm, obwohl der Zuwachs nicht ganz so groß war, wie man in früheren Jahren erwartet hatte. Viele Tiere waren geboren worden, denen die Rebellion nur eine mündlich überlieferte, trübe Tradition bedeutete, und es waren andere gekauft worden, die vor ihrer Ankunft noch niemals etwas davon gehört hatten. Die Farm besaß jetzt außer Kleeblatt noch drei Pferde. Es waren prächtige, hochgewachsene Tiere, willige Arbeiter und gute Genossen, aber strohdumm. Keines von ihnen vermochte das Alphabet über den Buchstaben B hinaus zu erlernen. Sie akzeptierten alles, was ihnen über die Rebellion und die Prinzipien des Animalismus erzählt wurde, besonders wenn es von Kleeblatt stammte, vor der sie einen fast kindlichen Respekt empfanden; doch es fragte sich noch, ob sie auch sehr viel davon begriffen.

Die Farm war jetzt wohlhabender und besser organisiert: sie war um zwei Felder vergrößert worden, die man Mr. Pilkington abgekauft hatte. Die Windmühle war endlich mit Erfolg fertiggestellt worden, und die Farm verfügte über eine eigene Dreschmaschine, einen Heuaufzug, und überdies waren ihr auch noch weitere Gebäude hinzugefügt worden. Whymper hatte sich einen Dogcart zugelegt. Die Windmühle indes war schließlich doch nicht zur Stromerzeugung genutzt worden. Sie wurde zum Kornmahlen benutzt und warf einen netten Profit ab. Die Tiere arbeiteten hart am Bau einer weiteren Windmühle; nach ihrer Fertigstellung, so hieß es, würden die Dynamos installiert werden. Doch von dem Luxus, von dem Schneeball die Tiere einst zu träumen gelehrt hatte, von den Ställen mit elektrischem Licht und fließend warm und kalt Wasser und von der Drei-Tage-Woche war nicht mehr die Rede. Napoleon hatte solche Ideen als dem Geiste des Animalismus zuwiderlaufend angeprangert. Das wahre Glück, sagte er, liege in harter Arbeit und kargem Leben.

Irgendwie hatte es den Anschein, als sei die Farm reicher geworden, ohne doch die Tiere selbst reicher zu machen – ausgenommen natürlich die Schweine und Hunde. Das lag vielleicht zum Teil daran, daß es so viele Schweine und so viele Hunde gab. Es war nun etwa nicht so, daß diese Tiere nicht gearbeitet hätten, nur taten sie das eben auf ihre

Weise. Es steckte, wie Schwatzwutz nie müde wurde zu erklären, unendlich viel Arbeit in der Überwachung und Organisation der Farm. Und vieles von dieser Arbeit begriffen die anderen Tiere nicht, weil sie zu dumm dazu waren. So erzählte ihnen Schwatzwutz zum Beispiel, daß die Schweine täglich ungeheure Mühen an geheimnisvolle, ›Akten‹, ›Rapporte‹, ›Protokolle‹ und ›Memoranda‹ genannte Dinge wenden mußten. Das waren dann große Bogen Papier, die eng beschrieben werden mußten und die, sobald dies geschehen war, im Ofen verbrannt wurden. Dies war für das Wohlergehen der Farm von höchster Wichtigkeit, sagte Schwatzwutz. Aber dennoch, weder die Schweine noch die Hunde produzierten durch ihre eigene Arbeit irgendwelches Futter; und es waren ihrer sehr viele, und ihr Appetit war immer ausgezeichnet.

Den übrigen erschien ihr Leben so, wie es schon immer gewesen war. Sie waren für gewöhnlich hungrig, sie schliefen auf Stroh, sie tranken aus dem Teich, sie rackerten sich auf den Feldern ab; winters wurden sie von der Kälte geplagt und sommers von den Fliegen. Manchmal zermarterten sich die älteren unter ihnen die getrübte Erinnerung und versuchten herauszufinden, ob die Dinge in den ersten Tagen der Rebellion, kurz nach Jones' Vertreibung, besser oder schlechter gestanden hätten als jetzt. Sie konnten sich nicht erinnern. Es gab nichts, womit sie ihr augenblickliches Leben vergleichen konnten: sie hatten keine Anhaltspunkte außer Schwatzwutz' Zahlenkolonnen, die unwandelbar dartaten, daß alles immer besser und besser wurde. Die Tiere standen vor einem unlösbaren Problem; sie hatten jetzt ohnehin wenig Zeit, um über solche Dinge nachzudenken. Nur der alte Benjamin behauptete, sich an jede Einzelheit seines langen Lebens zu erinnern und zu wissen, daß die Dinge weder jemals viel besser oder schlechter gewesen wären noch jemals viel besser oder schlechter werden könnten – Hunger, Mühsal und Enttäuschung seien nun einmal, so sagte er, das unabänderliche Gesetz des Lebens.

Und trotzdem gaben die Tiere die Hoffnung nie auf. Mehr noch, sie verloren nie, nicht einmal für einen Augenblick, ihr Gefühl, daß es eine Ehre und ein Privileg war, der Farm der Tiere anzugehören. Sie waren noch immer die einzige Farm in der gesamten Grafschaft – in ganz England! –, die Tieren gehörte und von ihnen geleitet wurde. Nicht eines unter ihnen, nicht einmal das Jüngste, nicht einmal die Neulinge, die man von zehn oder zwanzig Meilen entfernten Farmen gekauft hatten, hörten je auf, darüber zu staunen. Und wenn sie das Gewehr krachen hörten und die grüne Flagge an der Spitze des Fahnenmastes flattern sahen, schwollen ihre Herzen vor unvergänglichem Stolz, und das Gespräch neigte sich stets den alten Tagen zu, der Vertreibung von Jones, dem Aufschreiben der Sieben Gebote, den großen Schlachten, in denen die menschlichen Eindringlinge geschlagen worden waren. Keiner der alten Träume war aufgegeben worden. Man glaubte noch immer an die Republik der Tiere, die Major vorausgesagt hatte, an die Zeit, wo keines Menschen Fuß Englands grüne Fluren mehr betreten werde. Eines Tages würde sie kommen: womöglich nicht so bald, womöglich nicht zu Lebzeiten irgendeines jetzt lebenden Tieres, aber kommen würde sie. Sogar die Melodie von ›Tiere Englands‹ wurde vielleicht insgeheim hier und dort gesummt: Tatsache war jedenfalls, daß sie jedes Tier auf der Farm kannte, obwohl es nicht eines gewagt haben würde, sie laut zu singen. Es mochte sein, daß ihr Leben hart war und daß sich nicht alle ihre Hoffnungen erfüllt hatten; aber sie waren sich dessen bewußt, daß sie nicht so wie andere Tiere waren.

Wenn sie darbten, dann nicht deswegen, weil sie tyrannische Menschen ernähren mußten; wenn sie hart arbeiteten, dann arbeiteten sie wenigstens für sich selber. Kein Geschöpf unter ihnen ging auf zwei Beinen. Kein Geschöpf nannte ein anderes seinen ›Herrn‹. Alle Tiere waren gleich.

Eines Tages im Frühsommer befahl Schwatzwutz den Schafen, ihm zu folgen, und er führte sie hinaus auf ein Stück Brachland am anderen Ende der Farm, das von jungen Birken überwachsen stand. Die Schafe verbrachten den ganzen Tag dort und weideten sich unter Schwatzwutz' Aufsicht an den Blättern. Er selbst kehrte am Abend zum Farmhaus zurück, den Schafen jedoch riet er, angesichts des warmen Wetters, dort zu bleiben, wo sie waren. Es endete damit, daß sie eine volle Woche dort blieben, während der die anderen Tiere sie nicht zu Gesicht bekamen. Schwatzwutz war die meiste Zeit bei ihnen. Er lehre sie, so sagte er, ein neues Lied zu singen, wozu es der Ungestörtheit bedürfe.

Es war just nach der Rückkehr der Schafe, an einem lauen Abend, als die Tiere ihre Arbeit beendet hatten und sich auf dem Rückweg zur Farm befanden, da ertönte vom Hof das entsetzte Wiehern eines Pferdes. Verblüfft blieben die Tiere stehen. Es war Kleeblatts Stimme. Abermals wieherte sie, und alle Tiere galoppierten los und stürmten in den Hof. Dann sahen sie, was Kleeblatt gesehen hatte.

Es war ein Schwein, das auf den Hinterbeinen lief.

Ja, es war Schwatzwutz. Ein wenig unbeholfen, als wäre es ihm noch ungewohnt, seinen ansehnlichen Wanst in dieser Position aufrechtzuhalten, doch mit perfekter Balance, so schlenderte er über den Hof. Und einen Augenblick später kam aus der Tür des Farmhauses eine lange Reihe von Schweinen, die allesamt auf den Hinterbeinen liefen. Einige machten es besser als andere, ein paar schwankten sogar ein Spürchen und sahen so aus, als hätten sie sich gerne auf einen Stock gestützt, doch jedes von ihnen schaffte es, einmal erfolgreich den Hof zu umrunden. Und schließlich erscholl ungeheures Hundegebell und ein schrilles Krähen des schwarzen Junghahns, und heraus trat Napoleon persönlich, in majestätisch aufrechter Haltung, und verschoß nach allen Seiten hochmütige Blicke, und seine Hunde umsprangen ihn.

In seiner Schweinshaxe hielt er eine Peitsche.

Es herrschte tödliches Schweigen. Verblüfft, entsetzt, dicht aneinander gedrängt beobachteten die Tiere, wie die lange Schweinereihe langsam um den Hof herummarschierte. Es war so, als wäre die Welt auf den Kopf gestellt. Dann kam ein Augenblick, als der erste Schock abgeklungen war und in dem sie trotz allem – trotz ihres Entsetzens vor den Hunden und trotz der in langen Jahren erworbenen Gewohnheit, sich nie zu beschweren, nie zu kritisieren, egal was geschah – vielleicht ein Wort des Protestes geäußert hätten. Doch gerade in diesem Augenblick brachen alle Schafe wie auf ein Signal hin in das ungeheure Geblöke aus –

»Vierbeiner gut, Zweibeiner *besser!* Vierbeiner gut, Zweibeiner *besser!* Vierbeiner gut, Zweibeiner *besser!*«

Und so ging es fünf Minuten lang pausenlos weiter. Und als die Schafe sich beruhigt hatten, war die Chance zum Protest verpaßt, denn die Schweine waren zurück ins Farmhaus marschiert.

Benjamin fühlte, wie ihn eine Nase an der Schulter stupste. Er sah sich um. Es war Kleeblatt. Ihre alten Augen blickten trüber denn je. Wortlos zupfte sie ihn sanft an der Mähne und führte ihn zum Ende der großen Scheune, wo die Sieben Gebote angeschrieben standen. Sie verharrten dort eine oder zwei Minuten lang und schauten auf die geteerte Wand mit den weißen Buchstaben.

»Mein Augenlicht läßt nach«, sagte sie schließlich. »Selbst als ich noch jung war, habe ich nicht lesen können, was da geschrieben stand. Aber mir scheint, daß diese Wand irgendwie anders aussieht. Sind die Sieben Gebote noch dieselben wie einst, Benjamin?«

Dies eine Mal fand sich Benjamin dazu bereit, mit seiner Regel zu brechen, und er las ihr vor, was auf der Wand geschrieben stand. Jetzt war da bloß noch ein einziges Gebot. Es lautete:

ALLE TIERE SIND GLEICH,

ABER MANCHE SIND GLEICHER

Danach erschien es nicht weiter befremdlich, als am nächsten Tag die Schweine, die die Farmarbeit beaufsichtigten, Peitschen in den Haxen trugen. Es erschien auch nicht weiter befremdlich zu erfahren, daß sich die Schweine einen Rundfunkempfänger gekauft hatten, Schritte zum Anschluß eines Telefons unternahmen und auf die Zeitschriften *John Bull, Tit-Bits* und den *Daily Mirror* abonniert waren. Es erschien nicht weiter befremdlich, als man Napoleon mit einer Pfeife im Maul im Farmhausgarten schlendern sah – nein, nicht einmal, als die Schweine Mr. Jones Garderobe aus dem Kleiderschrank holten und sie anlegten; Napoleon präsentierte sich in einer schwarzen Joppe, gelbbraunen Breeches und Ledergama-

schen, wohingegen sich seine Lieblingssau in einem moirierten Seidenkleid sehen ließ, das Mrs. Jones an Sonntagen zu tragen gepflegt hatte.

Eine Woche später fuhren nachmittags eine Anzahl Dogcarts zur Farm hinauf. Man hatte eine Abordnung benachbarter Farmer zu einem Inspektionsbesuch eingeladen. Man führte sie überall auf der Farm herum, und sie drückten für alles, was sie sahen, große Bewunderung aus, besonders aber für die Windmühle. Die Tiere jäteten im Rübenfeld. Sie arbeiteten emsig, hoben kaum den Blick vom Boden und wußten nicht, ob sie sich mehr vor den Schweinen oder mehr vor den menschlichen Besuchern fürchten sollten.

An diesem Abend kam vom Farmhaus lautes Gelächter und Gegröle. Und beim Klang des Stimmengewirrs wurden die Tiere plötzlich von der Neugier gepackt. Was mochte da drinnen wohl vorgehen, jetzt, wo sich Tiere und Menschen zum ersten Mal auf gleicher Stufe begegneten? Einmütig schlichen sie sich so leise wie möglich in den Farmhausgarten.

Am Tor zögerten sie und fürchteten sich beinahe weiterzulaufen, doch Kleeblatt ging ihnen in den Garten voraus. Sie zehenspitzten zum Haus, und diejenigen Tiere, die groß genug waren, lugten zum Eßzimmerfenster hinein. Dort saßen um den langen Tisch ein halbes Dutzend Farmer und ein halbes Dutzend der wichtigsten Schweine, und Napoleon selbst hatte den Ehrenplatz am Kopfende der Tafel inne. Die Schweine schienen sich auf ihren Stühlen absolut wohlzufühlen. Die Gesellschaft hatte sich beim Kartenspiel vergnügt, dieses jedoch just für einen Moment unterbrochen, um offenkundig einen Toast anzubringen. Eine große Kanne kreiste, und die Krüge wurden mit Bier nachgefüllt. Keiner bemerkte die verwunder-

ten Gesichter der Tiere, die zum Fenster hinein-
schauten.

Mr. Pilkington von Fuchswald hatte sich eben
mit dem Krug in der Hand erhoben. Gleich, so
sagte er, werde er die Anwesenden bitten, auf einen
Toast zu trinken. Doch zuvor, so fühle er, obliege
ihm noch die Pflicht, einige Worte zu sagen.

Es bedeutete ihm – und wie er zuversichtlich
glaube, auch allen übrigen Anwesenden – eine
Quelle großer Befriedigung, sagte er, daß nunmehr eine lange Periode des Mißtrauens und
Mißverständnisses ihr Ende gefunden habe. Es
habe eine Zeit gegeben – nicht, daß etwa er oder
einer der Anwesenden diese Befürchtungen geteilt
hätten – nein, aber es habe eine Zeit gegeben, wo
die geehrten Besitzer der Farm der Tiere von ihren
menschlichen Nachbarn, er wolle nicht eben sagen
mit Feindseligkeit, aber doch vielleicht mit einem
gewissen Grad an Zweifel betrachtet worden
seien. Es sei zu bedauerlichen Mißverständissen
gekommen, verkannte Ideen hätten kursiert. Die
Existenz einer von Schweinen besessenen und
geführten Farm sei als irgendwie abnormal emp-
funden worden und dazu angetan, Unruhe in der
Nachbarschaft zu stiften. Zu viele Farmer hätten
ohne die gebotene Prüfung der Verhältnisse ver-

mutet, auf einer solchen Farm müsse eine zügellose und undisziplinierte Gesinnung herrschen. Sie hätten sich um die möglichen Auswirkungen auf ihre eigenen Tiere, ja, gar auf ihre menschlichen Angestellten gesorgt. Doch alle diese Bedenken seien jetzt zerstreut. Heute hatten er und seine Freunde die Farm der Tiere besucht und jeden Zoll davon mit eigenen Augen inspiziert, und was hatte man gefunden? Nicht nur die allermodernsten Methoden, sondern auch eine Zucht und Ordnung, an der sich alle Farmer allerorts ein Beispiel nehmen sollten. Er glaube mit Fug und Recht sagen zu dürfen, daß die niederen Tiere auf der Farm der Tiere mehr arbeiteten und weniger Futter bekamen als irgendwelche sonst in der Grafschaft. Ihm und seinen Mitbesuchern waren heute wahrhaftig viele Dinge aufgegangen, die sie gedächten, sofort auf ihren eigenen Farmen einzuführen.

Zum Schluß seiner Ausführungen, sagte er, wollte er noch einmal die freundschaftlichen Gefühle betonen, die zwischen der Farm der Tiere und ihren Nachbarn beständen und auch weiterbestehen sollten. Zwischen Schweinen und Menschen gebe es keinen, wie auch immer gearteten, Interessenkonflikt, und es müsse ihn auch nicht geben. Ihre Kämpfe und Schwierigkeiten seien die nämlichen. Herrsche denn nicht überall dieselbe Arbeitsproblematik? Hier wurde ersichtlich, daß Mr. Pilkington einen sorgfältig vorbereiteten Witz vom Stapel lassen wollte, doch für einen Augenblick war er selbst zu amüsiert, um ihn von sich zu geben. Nach vielem Prusten, währenddem sich seine diversen Kinne lila färbten, schaffte er es, ihn herauszubringen: »Sie müssen sich mit Ihren unteren Tieren herumstreiten«, sagte er, »und wir mit unseren unteren Klassen!« Dieses *bon mot* versetzte die Gesellschaft in schallendes Gelächter; und Mr. Pilkington beglückwünschte die Schweine zu den knappen Rationen, den langen Arbeitsstunden sowie zu der generellen Unverzärteltheit, die er auf der Farm der Tiere beobachtet habe.

Und nun, sagte er schließlich, bitte er die Anwesenden sich zu erheben und für gefüllte Krüge Sorge zu tragen. »Gentlemen«, schloß Mr. Pilkington, »Gentlemen, ich bringe einen Toast aus: Auf das Gedeihen der Farm der Tiere!«

Es gab begeisterte Hochrufe und Fußgetrampel. Napoleon war so erfreut, daß er seinen Platz verließ und um den Tisch herumkam, um mit Mr. Pilkington anzustoßen, ehe er seinen Krug leerte.

Als die Hochrufe verklungen waren, deutete Napoleon, der nicht wieder Platz genommen hatte, an, daß auch er ein paar Worte zu sagen habe.

Wie alle Reden Napoleons, so war auch diese kurz und bündig. Auch er, sagte er, schätze sich glücklich, daß die Periode der Mißverständnisse zu Ende sei. Lange Zeit hätten Gerüchte kursiert – in Umlauf gebracht, wie er begründet glaube, von einem übelwollenden Feind – nach denen seiner Einstellung und der seiner Kollegen etwas Subversives, ja, sogar Revolutionäres anhaften sollte. Man habe sie des Versuchs bezichtigt, unter den Tieren der Nachbarfarmen die Rebellion zu schüren. Nichts könne weiter von der Wahrheit entfernt liegen! Ihr einziger Wunsch, jetzt und ehedem, sei es, in Frieden und normalen Geschäftsbeziehungen mit ihren Nachbarn zu leben. Diese Farm, die er zu kontrollieren die Ehre habe, fügte er hinzu, sei ein Genossenschaftsunternehmen. Die Eigentumsurkunden, die er in seinem Besitz halte, gehörten allen Schweinen gemeinschaftlich.

Er glaube zwar nicht, sagte er, daß es noch Reste des alten Argwohns gebe, doch habe die Farmroutine in jüngster Zeit bestimmte Veränderungen erfahren, die eigentlich noch weiter vertrauensbildend wirken sollten. Bislang hätten die Tiere auf der Farm die ziemlich alberne Sitte gehabt, einander mit »Genosse« anzureden. Dies sollte abgeschafft werden. Weiterhin hätte es auch den seltsamen Brauch unbekannten Ursprungs gegeben, an jedem Sonntagmorgen an einem Keilerschädel vorbeizumarschieren, der im Garten an einen Pfosten genagelt war. Auch dies werde abgeschafft, und der Schädel sei bereits vergraben worden. Auch sei seinen Besuchern vielleicht die grüne Flagge aufgefallen, die von der Fahnenstange wehe. Wenn ja, so hätten sie vielleicht bemerkt, daß der weiße Huf und das weiße Horn, die früher darauf zu sehen gewesen waren, jetzt entfernt worden seien. Von nun an würde es eine schlichtgrüne Flagge sein.

Nur in einem Punkt müsse er, wie er sagte, Mr. Pilkingtons augezeichnete und nachbarschaftliche Rede kritisieren. Mr. Pilkington habe durchweg von der Farm der Tiere gesprochen. Er könne nun natürlich nicht wissen – denn er, Napoleon, verkünde es jetzt zum erstenmal – daß der Name ›Farm der Tiere‹ abgeschafft worden sei. Fürderhin werde die Farm als die ›Herren-Farm‹ bekannt sein – was, wie er glaube, ihr korrekter und ursprünglicher Name sei.

»Gentlemen«, schloß Napoleon, »ich möchte

den voraufgegangenen Toast wiederholen, nur in abgewandelter Form. Füllen Sie Ihre Krüge bis zum Rand. Gentlemen, hier ist mein Toast: Auf das Gedeihen der Herren-Farm!«

Es gab dieselben kräftigen Hochrufe wie zuvor, und die Krüge wurden bis zur Neige geleert. Doch als die Tiere draußen dem Ereignis zusahen, schien es ihnen, als geschähe etwas Sonderbares. Was hatte sich bloß in den Gesichtern der Schweine verändert? Kleeblatts alte, trübe Augen huschten von einem Gesicht zum anderen. Manche von ihnen hatten fünf Kinne, manche vier und manche drei. Aber was war es denn bloß, das sich zu verschmelzen und verändern schien? Als der Beifall verklungen war, griff die Gesellschaft wieder zu den Karten und setzte das unterbrochene Spiel fort, und die Tiere schlichen stumm davon.

Doch sie waren noch keine zwanzig Schritt weit

gegangen, da blieben sie wie angewurzelt stehen. Aus dem Farmhaus drang lautes Stimmengebrüll. Sie eilten zurück und sahen wieder durch das Fenster. Ja, es war ein heftiger Streit im Gange. Es gab Geschrei, Fäuste krachten auf den Tisch, scharfe Mißtrauensblicke flogen, wütende Leugnungen ertönten. Die Ursache des Ärgers lag sichtlich darin, daß Napoleon und Mr. Pilkington beide gleichzeitig ein Pik-As ausgespielt hatten.

Zwölf Stimmen schrien zornig, und alle klangen sie gleich. Und jetzt stand außer Frage, was mit den Gesichtern der Schweine passiert war. Die Tiere draußen blickten von Schwein zu Mensch und von Mensch zu Schwein, und dann wieder von Schwein zu Mensch; doch es war bereits unmöglich zu sagen, wer was war.

November 1943 – Februar 1944

Die Pressefreiheit

Die Grundidee für dieses Buch kam mir 1937 zum erstenmal, doch die Niederschrift erfolgte erst gegen Ende 1943. Als es dann fertig war, lag auf der Hand, daß seine Veröffentlichung Schwierigkeiten bereiten würde (trotz der augenblicklichen Bücherknappheit, die gewährleistet, daß sich alles, worauf die Beschreibung Buch paßt, verkauft), und schließlich wurde es von vier Verlegern abgelehnt. Nur einer von ihnen hatte ideologische Motive. Zwei hatten seit Jahren antirussische Bücher publiziert, und der andere war von keiner erkennbaren politischen Couleur. Ein Verleger akzeptierte das Buch anfänglich sogar, doch nach den ersten Vorbereitungen beschloß er, das Informationsministerium zu konsultieren, das ihn anscheinend vor der Publikation gewarnt oder ihm zumindest doch heftig davon abgeraten hat. Hier ein Auszug aus seinem Brief: »Ich erwähnte die Reaktion eines einflußreichen Beamten im Informationsministerium hinsichtlich der FARM DER TIERE. Ich muß gestehen, daß mir diese Meinungsäußerung sehr zu denken gegeben hat. ... Ich sehe jetzt ein, daß die Veröffentlichung des Buches zum gegenwärtigen Zeitpunkt als etwas höchst Unbesonnenes betrachtet werden könnte. Wäre die Fabel an die Adresse von Diktatoren und Diktaturen ganz allgemein gerichtet, dann ginge die Veröffentlichung in Ordnung, doch wie ich jetzt sehe, hält sich die Fabel so vollständig

an die Entwicklung der Sowjetrussen und ihrer beiden Dikta-
toren, daß mit ihr nur Rußland gemeint sein kann und die
anderen Diktaturen aus dem Spiel bleiben. Und noch etwas: es
wäre weniger anstößig, wenn die herrschende Kaste in der
Fabel nicht die Schweine wären. ★ *Ich glaube, daß die Wahl*
von Schweinen als der regierenden Klasse zweifellos Anstoß
erregen wird, und besonders bei jedem, der ein bißchen
empfindlich ist, was die Russen ja ohne Zweifel sind.

So etwas ist ein ungutes Zeichen. Natürlich ist es nicht
wünschenswert, daß ein Regierungsministerium irgendwelche Zensurgewalt ausübt (ausgenommen eine
Sicherheitszensur, gegen die in Kriegszeiten niemand
etwas hat) über Bücher, die nicht von offizieller Seite
unterstützt werden. Doch die Hauptgefahr für die Ge-
danken- und Redefreiheit geht im Moment nicht vom
MOI (Ministery of Information) oder sonst einer Be-
hörde aus. Wenn sich Verleger und Herausgeber bemü-
hen, bestimmte Themen ungedruckt zu lassen, dann
nicht aus Angst vor strafrechtlicher Verfolgung, sondern
aus Angst vor der öffentlichen Meinung. Hierzulande ist
intellektuelle Feigheit der schlimmste Feind, dem ein
Schriftsteller oder Journalist die Stirn bieten muß, und
mit diesem Umstand scheint man sich noch nicht gebüh-
rend auseinandergesetzt zu haben.

Jeder aufrichtige Mensch mit journalistischer Erfahrung wird zugeben, daß die *offizielle* Zensur während
dieses Krieges nicht besonders lästig gewesen ist. Wir

★ Es ist nicht ganz klar, ob dieser Modifikationsvorschlag Mr. –s eigene Idee
ist oder aus dem Informationsministerium stammt; aber er klingt mir so ganz
nach Beamtenton. [Anmerkung Orwells]

sind nicht jener Art totalitärer »Gleichschaltung« unterworfen worden, die man billigerweise hätte erwarten können. Die Presse hat einigen berechtigten Grund zur Klage, doch im großen und ganzen hat die Regierung Wohlverhalten gezeigt und überraschende Toleranz gegenüber Minderheitsmeinungen geübt. Der dunkle Punkt der literarischen Zensur in England ist, daß sie weitgehend freiwillig geschieht. Unpopuläre Ideen lassen sich verschweigen und unbequeme Tatsachen verschleiern, ohne daß es hierzu eines amtlichen Verbots bedarf. Jeder, der lange genug im Ausland gelebt hat, wird Beispiele von sensationellen Nachrichtenmeldungen kennen – Themen, die an und für sich betrachtet, die Hauptschlagzeilen abgeben würden –, die in der britischen Presse überhaupt nicht auftauchten, und zwar nicht auf Grund eines Regierungseingriffs, sondern auf Grund einer generellen, stillschweigenden Übereinkunft, daß »es nicht angehe«, diese bestimmte Tatsache zu erwähnen. Soweit dies die Tageszeitungen betrifft, ist das leicht zu verstehen. Die britische Presse ist extrem zentralisiert und überwiegend im Besitz von wohlhabenden Männern, die allen Grund haben, über bestimmte wichtige Themen unehrlich zu sein. Doch dieselbe verhüllte Zensur wirkt auch in Büchern und Magazinen, ebenso wie in Theaterstücken, Filmen und im Radio. Zu jeder Zeit gibt es eine Orthodoxie, ein Meinungssystem, von dem angenommen wird, daß es alle rechtdenkenden Leute ohne zu fragen akzeptieren werden. Es ist nicht eben verboten, dies oder jenes zu sagen, aber es ist »unschicklich« es zu sagen, so wie es zu viktorianischer Zeit »unschicklich« war, in Gegenwart einer Lady Hosen zu erwähnen. Jeder, der die herrschende Orthodoxie anzweifelt, sieht sich mit verblüffender Wirksamkeit zum Schweigen gebracht. Eine wirklich unzeitgemäße Meinung bekommt fast nie eine faire Anhörung, weder in der Volkspresse noch in den Intellektuellenmagazinen.

Die derzeit herrschende Orthodoxie verlangt die unkritische Bewunderung Sowjet-Rußlands. Jeder weiß das, fast jeder handelt danach. Jede ernsthafte Kritik am Sowjet-Regime, jede Enthüllung von Tatsachen, die die Sowjet-Regierung lieber weiterhin verborgen sähe, ist nahezu undruckbar. Und diese landesweite Konspiration, unserem Alliierten zu schmeicheln, spielt sich sonderbarerweise vor dem Hintergrund echter intellektueller Toleranz ab. Denn darf man auch die Sowjet-Regierung nicht kritisieren, so steht es einem zumindest doch ziemlich frei, unser eigenes Land zu kritisieren. Kaum jemand wird eine Attacke gegen Stalin drucken, aber Churchill zu attackieren ist recht risikolos, jedenfalls in Büchern und Magazinen. Und über fünf Kriegsjahre hinweg, von denen wir zwei oder drei um das nationale Überleben kämpften, durften zahllose Bücher, Pamphlete und Artikel zugunsten eines Kompromißfriedens ungestört erscheinen. Mehr noch, sie sind erschienen, ohne großes Mißfallen zu erregen. Solange das Prestige der UdSSR nicht im Spiel ist, ist der Grundsatz der Redefreiheit leidlich gewahrt worden. Es gibt noch andere Tabu-Themen, und ich werde gleich einige davon beim Namen nennen, doch die herrschende Einstellung gegenüber der UdSSR ist bei weitem das bedenklichste Symptom. Sie ist, sozusagen, spontan und verdankt sich nicht dem Tun irgendwelcher Interessenverbände.

Die Servilität, mit der der überwiegende Teil der englischen Intelligenz von 1941 an die russische Propaganda geschluckt und wiederholt hat, wäre recht erstaunlich, hätte sie sich bei mehreren früheren Gelegenheiten ganz ähnlich verhalten. Streitfrage auf Streitfrage ist der russische Standpunkt ausnahmslos akzeptiert und dann unter völliger Mißachtung historischer Wahrheit und intellektueller Redlichkeit publiziert worden. Um nur ein Beispiel zu nennen: die BBC feierte den fünfundzwanzigsten Jahrestag der Roten Armee, ohne Trotzki zu erwähnen. Das war in etwa genauso akkurat, wie der Schlacht von Trafalgar zu gedenken, ohne Nelson zu erwähnen, aber es löste bei der englischen Intelligenz keine Proteste aus. Bei den inneren Kämpfen in den verschiedenen okkupierten Ländern hat sich die britische Presse fast in allen Fällen auf die Seite der von den Russen begünstigten Partei gestellt und die Oppositionspartei verleumdet, wozu sie manchmal Beweise unterdrückte. Ein besonders krasser Fall war der von Oberst Mihailovic, dem Führer der jugoslawischen Tschetniks. Die Russen, die in Marschall Tito ihren eigenen jugoslawischen Protégé hatten, beschuldigten Mihailovic der Kollaboration mit den Deutschen. Die britische Presse griff diese Anschuldigung prompt auf: Mihailovics Anhänger bekamen keine Gelegenheit, darauf zu reagieren, und widersprüchliche Fakten gelangten ganz einfach nicht zum Druck.

Im Juli 1943 setzten die Deutschen eine Belohnung

von 100 000 Kronen in Gold für die Ergreifung Titos aus, und eine ähnliche Summe für die Ergreifung Mihailovics. Die britische Presse brachte die Summe für Tito in den Schlagzeilen, aber nur eine Zeitung erwähnte, kleingedruckt, die Summe für Mihailovic, und die Bezichtigungen der Kollaboration mit den Deutschen gingen weiter. Ganz ähnliche Dinge passierten während des Spanischen Bürgerkriegs. Auch da wurden die Parteien auf der republikanischen Seite, die zu vernichten die Russen entschlossen waren, in der linken englischen Presse rücksichtslos verleumdet, und jeder Aussage zu ihrer Verteidigung, und sei es in Briefform, wurde die Veröffentlichung verweigert. Gegenwärtig wird nicht bloß jede ernsthafte Kritik an der UdSSR als verwerflich betrachtet, in einigen Fällen wird sogar die Tatsache verheimlicht, daß es eine solche Kritik gibt. Ein Beispiel: Trotzki hatte kurz vor seinem Tod eine Stalin-Biographie geschrieben. Man darf vermuten, daß es ein ganz und gar nicht unparteiisches Buch gewesen ist, aber offensichtlich ließ es sich verkaufen. Ein amerikanischer Verleger wollte es herausbringen, und das Buch war im Druck – die Rezensionsexemplare hatte man, glaube ich, bereits verschickt –, da trat die UdSSR in den Krieg ein. Das Buch wurde sofort zurückgezogen. In der britischen Presse stand nie ein Wort darüber, obwohl die Existenz eines solchen Buches und seine Unterdrückung eindeutig eine Meldung war, die einige Absätze verdiente.

Die Unterscheidung zwischen der Art Zensur, die sich die englische literarische Intelligenz freiwillig auferlegt, und der Zensur, die manchmal von den Interessengruppen aufgezwungen werden kann, ist wichtig. Berüchtigtermaßen können bestimmte Themen auf Grund »rechtmäßiger Interessen« nicht diskutiert werden. Der bekannteste Fall ist der patentierte Medikamentenschwindel. Auch die katholische Kirche besitzt beträchtlichen Einfluß in der Presse und kann an ihr lautwerdende Kritik zu einem gewissen Grade zum Verstummen bringen. Ein Skandal, in den ein katholischer Priester verwickelt ist, wird fast nie publik gemacht, wohingegen ein anglikanischer Priester in Schwierigkeiten (z. B. der Rektor von Stiffkey) auf der Titelseite erscheint. In den allerseltensten Fällen kommt so etwas wie eine antikatholische Tendenz auf der Bühne oder im Film vor. Jeder Schauspieler kann Ihnen sagen, daß ein Stück oder ein Film, in dem die katholische Kirche angegriffen oder veralbert wird, mit einem Presseboykott rechnen muß und wahrscheinlich eine Pleite wird. Doch so etwas ist harmlos, oder wenigstens doch verständlich. Jede große Organisation wird nach besten Kräften ihre Interessen wahren, und gegen offene Propaganda ist nichts einzuwenden. Man würde vom *Daily Worker* ebenso wenig erwarten, daß er ungünstige Fakten über die UdSSR publiziert, wie vom *Catholic Herald,* daß er den Papst denunziert. Aber andererseits weiß jeder denkende Mensch, wofür der *Daily Worker* und der *Catholic Herald* stehen.

Das Beunruhigende ist, daß man, geht es um die UdSSR und ihre Politik, keine intellektuelle Kritik, ja in vielen Fällen nicht einmal schlichte Ehrlichkeit von liberalen Autoren und Journalisten erwarten kann, die keinem direkten Druck ausgesetzt sind, ihre Meinungen zu verfälschen. Stalin ist sakrosankt, und gewisse

Aspekte seiner Politik dürfen nicht ernstlich diskutiert werden. Diese Regel ist seit 1941 beinahe ohne Einschränkung befolgt worden, aber funktioniert hat sie schon zehn Jahre früher, und zwar in weit größerem Ausmaß, als einem manchmal klar ist. Während dieser ganzen Zeit konnte sich Kritik am Sowjet-Regime *von der Linken* nur schwer Gehör verschaffen. Es gab eine Flut antirussischer Literatur, doch beinahe alles davon kam aus der Ecke der Konservativen und war ganz offenbar unaufrichtig, überholt oder von niederen Motiven angetrieben. Auf der anderen Seite gab es einen gleich großen und beinahe ebenso unaufrichtigen Strom prorussischer Propaganda und einen Quasiboykott an jedem, der versuchte, hochwichtige Fragen wie ein Erwachsener zu diskutieren.

Man konnte zwar antirussische Bücher veröffentlichen, doch dann hatte man gleichzeitig die Gewähr, fast von der gesamten Intellektuellenpresse ignoriert oder entstellt wiedergegeben zu werden. Öffentlich und privat wurde man gewarnt, daß dies »unschicklich« sei. Was man sage, stimme möglicherweise, doch es sei »inopportun« und »spiele in die Hände« dieses oder jenes reaktionären Interesses. Diese Haltung wurde gewöhnlich mit der Begründung verteidigt, daß die internationale Situation und die dringende Notwendigkeit einer Anglo-Russischen Allianz es erforderten: doch es war klar, daß dies eine Rationalisierung war. Die englische Intelligenz, oder ein Großteil von ihr, hatte der UdSSR gegenüber eine nationalistische Toleranz entwickelt, und sie spürte in ihrem Innersten, daß es einer Blasphemie gleichkäme, den geringsten Zweifel auf Stalins

Weisheit zu werfen. Ereignisse in Rußland und Ereignisse anderswo mußten mit verschiedenen Maßstäben gemessen werden. Die endlosen Hinrichtungen während der Säuberungsaktionen 1936–38 wurden von lebenslangen Gegnern der Todesstrafe beklatscht, und man fand es ebenso richtig, Hungersnöte publik zu machen, wenn sie sich in Indien ereigneten und sie zu verheimlichen, wenn sie sich in der Ukraine ereigneten. Und wenn dies für die Zeit vor dem Krieg schon zutraf, dann ist das intellektuelle Klima heute gewiß nicht besser.

Doch nun wieder zurück zu meinem Buch. Die Reaktion der meisten englischen Intellektuellen darauf wird ganz einfach sein: »Es hätte nicht publiziert werden sollen.« Natürlich werden es diejenigen Rezensenten, die sich auf die Kunst des Anschwärzens verstehen, nicht aus politischen, sondern aus literarischen Gründen attackieren. Sie werden sagen, daß es ein langweiliges, albernes Buch ist und dazu noch eine schändliche Papierverschwendung. Das mag schon stimmen, aber es ist offensichtlich nur die halbe Wahrheit. Man sagt nicht, daß ein Buch »nicht hätte publiziert werden sollen«, bloß weil es ein schlechtes Buch ist. Immerhin wird täglich klafterweise Mist gedruckt, und keiner kümmert sich darum. Die englische Intelligenz, oder ihr Großteil, wird gegen dieses Buch protestieren, weil es ihren Führer verleumdet und (wie sie es sieht) der Sache des Fortschritts schadet. Täte es das Gegenteil, hätten sie nichts dagegen einzuwenden, und wären seine literarischen Mängel zehnmal so kraß wie jetzt. Der vier oder fünf Jahre lang anhaltende Erfolg des Left Book Club zum Beispiel zeigt, wie willens sie sind, sowohl Vulgarität wie Schludrigkeit beim Schreiben zu tolerieren, solange sie nur das zu hören bekommen, was sie hören möchten.

Es geht hier um eine recht simple Frage: Hat jede Meinung, egal wie unpopulär – egal sogar wie dumm –, ein Recht darauf, gehört zu werden? Wenn man sie so formuliert, wird sich beinahe jeder englische Intellektuelle verpflichtet fühlen »Ja« zu sagen. Doch konkretisiert man sie und sagt: »Und ein Angriff auf Stalin? Hat *der* ein Recht darauf gehört zu werden?«, und die Antwort wird in den meisten Fällen lauten: »Nein.« In diesem Fall wird die gegenwärtige Orthodoxie angezweifelt, und der Grundsatz der Redefreiheit fällt. Wenn man nun aber Rede- und Pressefreiheit fordert, fordert man damit doch nicht absolute Freiheit. Solange die organisierten Gesellschaften fortbestehen werden, muß es immer, oder wird es wenigstens immer, einen bestimmten Grad der Zensur geben. Doch Freiheit meint nach Rosa Luxemburg »Freiheit für den anderen«. Das gleiche Prinzip steckt in den berühmten Worten Voltaires: »Ich verabscheue, was Sie sagen; ich werde Ihr Recht, es zu sagen, bis zum Tod verteidigen.« Falls die intellektuelle Freiheit, die zweifellos ein hervorstechendes Merkmal westlicher Zivilisation gewesen ist, überhaupt einen Sinn hat, dann den, daß jeder das Recht haben soll, das zu sagen und zu drucken, was er für die Wahrheit hält, vorausgesetzt nur, es fügt dem Rest der Gemeinschaft nicht unverkennbar Schaden zu. Sowohl der kapitalistischen Demokratie wie den westlichen Versionen des Sozialismus hat dieses Prinzip bis vor kurzem als selbstverständlich gegolten. Wie ich bereits erwähnt habe, macht unsere Regierung noch immer einige Anstalten, es zu respektieren. Der gewöhnliche Mann auf der Straße vertritt immer noch in etwa die Ansicht: »Ich glaube, jeder hat das Recht auf seine eigene Meinung« – teilweise, vielleicht, weil er sich für die Ideen zu wenig interessiert, um ihnen intolerant gegenüberzustehen. Nur, oder zumindest hauptsächlich, die literarische und wissenschaftliche Intelligenz, eben die Gruppe, die der Hüter der Freiheit sein sollte, beginnt, dieses Prinzip sowohl in Theorie wie Praxis zu verschmähen.

Eine eigenartige Erscheinung unserer Zeit ist der abtrünnige Liberale. Über die bekannte marxistische Behauptung hinaus, daß »bourgeoise Freiheit« eine Illusion ist, herrscht jetzt eine weitverbreitete Tendenz zu argumentieren, daß man Demokratie nur mit totalitären Methoden verteidigen kann. Wenn man die Demokratie liebt, so läuft die Argumentation, dann ist jedes Mittel recht, um ihre Feinde zu vernichten. Und wer sind ihre Feinde? Es stellt sich immer heraus, daß es nicht nur jene sind, die sie offen und bewußt angreifen, sondern auch jene, die sie durch Verbreiten mißverstandener Doktrinen »objektiv« gefährden. Anders gesagt, zur Verteidigung der Demokratie gehört die Zerstörung aller gedanklichen Unabhängigkeit. Dieses Arguments bediente man sich zum Beispiel, um die russischen Säuberungsaktionen zu rechtfertigen. Sogar der glühendste Russophile wird kaum geglaubt haben, daß alle Opfer aller ihnen zur Last gelegten Dinge schuldig waren: aber dadurch, daß sie ketzerische Meinungen vertraten, schadeten sie dem Regime eben »objektiv«, und deshalb war es ganz in Ordnung, sie nicht nur zu massakrieren, sondern auch noch durch falsche Beschuldigungen zu diskreditieren. Mit demselben Argument wurden die ganz bewußten Lügen in der Linkspresse über die Trotzkisten und die anderen republikanischen Minderheiten im Spanischen Bürgerkrieg gerechtfertigt. Und man bediente sich seiner wieder, um gegen die Habeaskorpusakte zu kläffen, als Mosley 1943 freigelassen wurde.

Diese Leute sehen einfach nicht, daß eine Zeit kommen kann, wo die totalitären Methoden, die man unterstützt hat, gegen einen anstatt für einen verwendet werden. Man mache nur eine Gewohnheit daraus, Faschisten ohne Verhandlung einzusperren, und vielleicht bleibt dieser Prozeß nicht bei Faschisten stehen. Kurz nachdem der unterdrückte *Daily Worker* wieder erscheinen durfte, hielt ich an einem Arbeiterkolleg in South London einen Vortrag. Das Publikum bestand aus Intellektuellen der Arbeiter- und Untermittelschicht – das gleiche Publikum, dem man gewöhnlich in den Filialen des Left Book Shop begegnete. Der Vortrag hatte das Thema Pressefreiheit gestreift, und zu meiner Überraschung standen am Schluß etliche Fragesteller auf und wollten von mir wissen: Ob ich denn nicht glaube, daß die Aufhebung des Erscheinungsverbots für den *Daily Worker* ein großer Fehler sei? Nach dem Wieso befragt, sagten sie, er sei eine Zeitung von zweifelhafter Linientreue und sollte in Kriegszeiten nicht toleriert werden. Und dann fand ich mich dabei, wie ich den *Daily Worker* verteidigte, der sich mehr als nur einmal besonders große Mühe gegeben hat, mich zu schmähen. Aber wo hatten diese Leute diese wesentlich totalitäre Ansicht gelernt? Ziemlich sicher von den Kommunisten selbst!

Toleranz und Anständigkeit sind in England tiefverwurzelt, aber nicht unzerstörbar, und sie müssen teilweise durch bewußte Anstrengung am Leben erhalten werden. Das Predigen totalitärer Doktrinen hat eine Schwächung des Instinkts zur Folge, durch den freie Menschen erkennen, was gefährlich ist und was nicht. Der Fall Mosley illustriert dies. 1940 war es völlig richtig, Mosley zu internieren, gleichgültig, ob er nun irgendein regelrechtes Verbrechen begangen hatte oder nicht. Wir kämpften um unser Leben und konnten es einem möglichen Quisling nicht erlauben, frei herumzulaufen. Ihn bis 1943 ohne Verhandlung eingesperrt zu lassen war eine Greueltat. Daß dies allgemein übersehen wurde, war ein schlechtes Zeichen, wenn es auch stimmt, daß die Agitation gegen Mosleys Freilassung zum Teil künstlich und zum Teil eine Rationalisierung anderer Unzufriedenheiten war. Doch wie viel von dem gegenwärtigen Hang zu faschistischen Denkweisen läßt sich auf den »Anti-Faschismus« der vergangenen zehn Jahre und die Skrupellosigkeit zurückführen, die er nach sich gezogen hat?

Es ist wichtig, sich klarzumachen, daß die augenblickliche Russomanie nur ein Symptom ist für die generelle Abschwächung der westlich liberalen Tradition. Hätte das Ministerium dazwischengefunkt und definitiv sein Veto gegen die Publikation dieses Buches eingelegt, würde die Masse der englischen Intelligenz darin nichts Beunruhigendes gesehen haben. Unkritische Loyalität gegenüber der UdSSR ist nun einmal die herrschende Orthodoxie, und wo es um die vermutlichen Interessen der UdSSR geht, ist man gewillt, nicht nur Zensur, sondern sogar absichtliche Geschichtsfälschung zu dulden. Um nur ein Beispiel zu nennen: Beim Tode von John Reed, dem Autor von *Ten Days that Shook the World* – einem Bericht über die Anfangstage der Russischen Revolution aus allererster Hand –, gelangte das Copyright an dem Buch in die Hände der British Communist Party, der es Reed, glaube ich, testamentarisch vermacht hatte. Einige Jahre später veröffentlichten die britischen Kommunisten, nachdem sie die Originalausgabe des Buches so vollständig vernichtet hatten, wie sie nur konnten, eine verstümmelte Version, aus der sie alle Stellen, an denen Trotzki erwähnt wurde, eliminiert und auch die von Lenin verfaßte Einleitung weggelassen hatten. Hätte noch eine radikale Intelligenz existiert, wäre dieser Fälschungsakt in jeder literarischen Zeitschrift im Land aufgedeckt und angeprangert worden. So gab es wenig oder gar keinen Protest. Viele englische Intellektuelle hielten das für eine ganz normale Sache. Und diese Toleranz oder platte Unehrlichkeit heißt viel mehr, als daß diese Bewunderung für Russland im Augenblick nun mal Mode ist. Höchstwahrscheinlich wird diese bestimmte Mode nicht von Dauer sein. Soviel ich weiß, kann bei Erscheinen dieses Buches meine Einschätzung des Sowjet-Regimes die allgemein anerkannte sein. Doch was würde das nützen? Eine Orthodoxie durch eine andere zu ersetzen ist nicht unbedingt ein Fortschritt. Der Feind ist stets die Grammophon-Mentalität, gleichgültig ob einem die Platte, die gerade gespielt wird, nun paßt oder nicht.

Ich kenne alle die Argumente gegen die Gedanken- und Redefreiheit zur Genüge – jene Argumente, die behaupten, daß es sie nicht geben kann, und jene Argumente, die behaupten, daß es sie nicht geben soll. Ich antworte darauf nur, daß sie mich nicht überzeugen und daß unsere Zivilisation für einen Zeitraum von vierhundert Jahren auf der gegenteiligen Ansicht gefußt hat. Seit gut einer Dekade bin ich der Meinung gewesen, daß das existierende russische Regime größtenteils ein Übel ist, und ich beanspruche das Recht, dies zu sagen, obgleich wir und die UdSSR Verbündete in einem Krieg sind, den ich gewonnen sehen möchte. Müßte ich mir einen Text zu meiner Rechtfertigung aussuchen, würde ich die Zeile von Milton wählen:

»Nach den bekannten Regeln uralter Freiheit«

Das Wort *uralt* betont die Tatsache, daß intellektuelle Freiheit eine tiefverwurzelte Tradition ist, ohne die unsere typisch westliche Zivilisation nur ungewißen Bestand hätte. Von dieser Tradition kehren sich viele unserer Intellektuellen sichtlich ab. Sie haben den Grundsatz akzeptiert, daß ein Buch nicht auf Grund seiner Meriten veröffentlicht oder unterdrückt, gelobt oder verdammt werden sollte, sondern gemäß der politischen Zweckdienlichkeit. Und andere, die diese Ansicht eigentlich nicht teilen, pflichten ihr aus schierer Feigheit bei. Ein Beispiel hierfür ist das fehlende Aufbegehren der zahlreichen und lautstarken englischen Pazifisten gegen die herrschende Verehrung des russischen Militarismus. Nach Ansicht dieser Pazifisten ist alle Gewalt böse, und sie haben uns in jedem Stadium des Kriegs gedrängt, aufzugeben oder wenigstens einen Kompromißfrieden zu schließen. Aber wie viele von ihnen haben je zu verstehen gegeben, daß der Krieg auch böse ist, wenn die Rote Armee ihn führt? Augenscheinlich haben die Russen das Recht auf Selbstverteidigung, wohingegen bei uns seine Wahrnehmung eine Todsünde ist. Dieser Widerspruch läßt sich nur auf eine Art erklären: nämlich durch den feigen Wunsch, nicht aus der Masse der Intelligenz auszuscheren, deren Patriotismus eher Russland gilt als England!

Ich weiß, daß die englische Intelligenz allen Grund für ihre Schüchternheit und Unehrlichkeit hat; ich kenne die Argumente, mit denen sie sich rechtfertigt, sogar auswendig. Doch zumindest von dem Unsinn, die Freiheit gegen den Faschismus zu verteidigen, wollen wir nichts mehr hören. Falls Freiheit überhaupt irgendetwas bedeutet, dann bedeutet sie das Recht darauf, den Leuten das zu sagen, was sie nicht hören wollen. Die gewöhnlichen Leute billigen diese Doktrin noch in etwa und handeln danach. In unserem Land – es ist nicht in allen Ländern so: es war im Frankreich der Republik nicht so, und es ist in den Vereinigten Staaten von heute nicht so – sind es die Liberalen, die die Liberalität fürchten, und die Intellektuellen, die den Intellekt beschmutzen wollen: um auf diese Tatsache aufmerksam zu machen, habe ich dieses Vorwort geschrieben.

George Orwell
im Diogenes Verlag

Farm der Tiere
Ein Märchen. Neu aus dem Englischen übersetzt von Michael Walter. Mit Zeichnungen
von Friedrich Karl Waechter und einem neuentdeckten Nachwort des Autors ›Die Pressefreiheit‹.
Außerdem lieferbar als detebe 20118

Im Innern des Wals
Ausgewählte Essays I. Aus dem Englischen
von Felix Gasbarra. detebe 20213
Warum ich schreibe – Einen Mann hängen –
Einen Elefanten erschießen – Hopfenpflük-
ken – In einem Bergwerk – Marrakesch – Im
Innern des Wals – Mark Twain – Der Hof-
narr – Rudyard Kippling – Wells, Hitler und
der Weltstaat

Rache ist sauer
Ausgewählte Essays II. Aus dem Englischen
von Felix Gasbarra. detebe 20250
Autobiographisches – Rückblick auf den
Spanischen Krieg – Einige Bemerkungen
über Salvador Dali – Raffles und Miss Blan-
dish – Rache ist sauer – Zur Verhinderung
von Literatur – Gedanken über die gemeine
Kröte – Bekenntnisse eines Rezensenten –
Politik contra Literatur: Eine Untersuchung
von *Gullivers Reisen* – Lear, Tolstoi und der
Narr – Gedanken über Gandhi – Die Schriftsteller und der Leviathan

Mein Katalonien
Bericht über den Spanischen Bürgerkrieg.
Aus dem Englischen von Wolfgang Rieger
detebe 20214

Erledigt in Paris und London
Sozialreportage aus dem Jahre 1933. Aus dem
Englischen von Alexander Schmitz
detebe 20533

Der Weg nach Wigan Pier
Sozialreportage von 1936. Deutsch und mit
einem Nachwort von Manfred Papst
detebe 21000

Auftauchen, um Luft zu holen
Roman. Deutsch von Helmut M. Braem
detebe 20804

Tage in Burma
Roman. Deutsch von Susanna Rademacher
detebe 20308

Kreativität und Lebensqualität
Aus *The Road to Wigan Pier*. In *Tintenfaß*,
1. Heft, 1980

Das George Orwell Lesebuch
Essays, Reportagen, Betrachtungen.
Herausgegeben und mit einem Nachwort
von Fritz Senn. Aus dem Englischen von
Tina Richter. detebe 20788
Orwell über Orwell – Die Engländer – Re-
portagen – Freiheit und Sozialismus – Allerlei
Vorurteile – Aus dem Alltag – Schriftsteller
und Bücher – Bemerkungen am Weg

Denken mit Orwell
Sätze für Zeitgenossen zusammengestellt von
Fritz Senn. Mit 8 Zeichnungen von Tomi
Ungerer